"一带一路"沿线国家经典诗歌文库

（第一辑）

主编　赵振江

副主编　蒋朗朗　宁琦　张陵　黄怒波

古印度诗选

范晶晶　等编译

作家出版社

编译者范晶晶

范晶晶

一九八四年生。北京大学外国语学院东方文学研究中心研究员、南亚学系副教授。

出版专著《缘起——佛教譬喻文学的流变》、译著《印度诸神的世界——印度教图像学手册》、合译《汉译巴利三藏·经藏·中部》，参编《犍陀罗的微笑：巴基斯坦古迹文物巡礼》。

译者党素萍

党素萍

　　一九七八年生。中国社会科学院外国文学研究所东方文学研究室助理研究员。

　　发表有《〈泰帝利耶奥义书〉"五藏说"义解》《难陀故事的流传及演变》等论文。出版译文《美难陀传》（第十七章）、《撰集百缘经》（莲花王、丑女、恒吉迦）。

译者于怀瑾

于怀瑾

一九八二年生。中国社会科学院外国文学研究所助理研究员。

发表有《"点石成金"典故源流考——中印古代文化融合的例证》《楚王刘英与中国早期佛教》《论迦梨陀娑抒情诗的女性特质建构》《中印古代宫廷诗人的对唱——迦梨陀娑抒情诗与南朝宫体诗的跨文化比较》等论文多篇。出版译著《鸠摩罗出世》。

译者张远

张远

一九八四年生。中国社会科学院外国文学研究所、中国社会科学院梵文研究中心副研究员。

出版专著《中国社会科学院青年学者文库·戒日王研究》《古典文献研究辑刊·法藏敦煌遗书P.2325号〈法句经疏〉校释研究》《敦煌草书写本识粹·法句经疏》等，出版译著《梵语文学译丛·妙容传 璎珞传》等，在国内外发表中英文学术论文、译文、随笔数十篇。

目　录

史诗时期

巴利语佛典

古典梵语时期

总　序

二〇一三年秋，习近平主席先后提出建设"丝绸之路经济带"和"二十一世纪海上丝绸之路"（简称"一带一路"）的倡议。"一带一路"一经提出，便在国外引起强烈反响，受到沿线绝大多数国家的热烈欢迎。如今，它已经成了我们在政治、经济和文化生活中最具活力的词语。"一带一路"早已不是单纯的地理和经贸概念，而是沿线各国人民继往开来、求同存异、构建人类命运共同体的幸福路、光明路。正如一首题为《路的呼唤》[1]的歌中所唱的：

　　……

　　有一条路在呼唤

　　带着心穿越万水千山

　　千丝万缕一脉相传

　　就注定了你我相见的今天

　　这一条路在呼唤

　　每颗心都是远洋的船

　　梦早已把船舱装满

　　爱是我们共同的家园

　　……

习主席关于构建人类"政治互信、经济融合、文化包容的利益共同体、命运共同体和责任共同体"的主张是人心所向，众望所归。联合国将"构

---

[1]《路的呼唤》：中央电视台特别节目《一带一路》主题曲，梁芒作词，孟文豪谱曲，韩磊演唱。

建人类命运共同体"写入大会决议，来自一百三十多个国家的约一千五百名贵宾出席二〇一七年五月十四日在北京举行的"一带一路"国际合作高峰论坛，就是最有力的证明。

在国与国之间，政治互信、经济融合、文化包容的基础在民心，而民心相通的前提是相互了解和信任。正是出于这样的理念，我们决定编选、翻译和出版这套"'一带一路'沿线国家经典诗歌文库"，因为诗歌是"言志"和"抒情"最直接、最生动、最具活力的文学形式，诗歌最能反映大众心理、时代气息和社会风貌。"'一带一路'沿线国家经典诗歌文库"是加强沿线各国人民之间相互了解和信任的桥梁。

"'一带一路'沿线国家经典诗歌文库"的创意最初是由作家出版社前总编辑张陵和中国诗歌学会会长骆英在北京大学诗歌研究院院会提出的。他们的创意立即得到了谢冕院长和该院研究员们的一致赞同。但令人遗憾的是，在本校的研究员中只有在下一人是外语系（西班牙语）出身，因此，他们就不约而同地把这套书的主编安在了我的头上。殊不知在传统的"一带一路"沿线国家中，没有一个是讲西班牙语的。可人家说："一带一路"是开放的，当年"海上丝绸之路"到了菲律宾，大帆船贸易不就是通过马尼拉到了墨西哥吗？再说，巴西、智利、阿根廷三国的总统不是都来参加"一带一路"国际合作高峰论坛了吗？怎么能说"一带一路"和西班牙语国家没关系呢？我无言以对。

古丝绸之路是指张骞（前一六四年至前一一四年）出使西域时开辟的东起长安，经中亚、西亚诸国，西到罗马的通商之路。二〇一三年九月七日，习近平主席在哈萨克斯坦纳扎尔巴耶夫大学演讲时，提出共建"丝绸之路经济带"的主张，赋予了这条通衢古道以全新的含义，使欧亚各国的经济联系更加紧密、相互合作更加深入、发展空间更加广阔，从而造福沿途各国人民。至于古老的"海上丝绸之路"，自秦汉时期开通以来，一直是沟通东西方经济和文化交流的重要渠道，尤其是东南亚地区，自古就是"海上丝绸之路"的重要枢纽。习主席建设"二十一世纪海上丝绸之路"的构想使其在新的历史起点上，有了更加重要而又深远的意义。

"一带一路"沿线国家主要包括西亚十八国（伊朗、伊拉克、格鲁吉亚、亚美尼亚、阿塞拜疆、土耳其、叙利亚、约旦、以色列、巴勒斯坦、沙特阿拉伯、巴林、卡塔尔、也门、阿曼、阿拉伯联合酋长国、科威特、黎巴嫩），中亚五国（哈萨克斯坦、土库曼斯坦、吉尔吉斯斯坦、乌兹别克斯坦、塔吉克斯坦），南亚八国（尼泊尔、不丹、印度、巴基斯坦、孟加拉国、斯里兰卡、马尔代夫、阿富汗），东南亚十一国（印度尼西亚、马来西亚、菲律宾、新加坡、泰国、文莱、越南、老挝、缅甸、柬埔寨、东帝汶），中东欧十六国（阿尔巴尼亚、波斯尼亚和黑塞哥维那、保加利亚、克罗地亚、捷克、爱沙尼亚、匈牙利、拉脱维亚、立陶宛、马其顿、黑山、罗马尼亚、波兰、塞尔维亚、斯洛伐克、斯洛文尼亚）。独联体四国（俄罗斯、白俄罗斯、乌克兰、摩尔多瓦），再加上蒙古和埃及等。

从上述名单中不难看出，"一带一路"沿线国家多为文明古国，在历史上创造了形态不同、风格各异的灿烂文化，是人类文明宝库重要的组成部分。诗歌是文学的桂冠，是文学之魂。文明古国大都有其丰厚的诗歌资源，尤其是经典诗歌，凝聚着国家和民族的精神和理想。各国之间的文化交流与经贸往来，既相互交融又相互促进，可以深化区域合作，实现共同发展，使优秀文化共享成为相关国家互利共赢的有力支撑，从而为实现习主席构建人类命运共同体的伟大目标打下坚实的文化基础。

"一带一路"沿线国家多是发展中国家。长期以来，我们一直比较重视对欧美发达国家诗歌的译介，在"经济一体、文化多元"的今天，正好利用这难得的契机，将这些"被边缘化"国家的传统文化和民族精神纳入"一带一路"的建设，充分发掘它们深厚的文化底蕴，让它们的古老文明在当代世界发挥积极作用，使"文库"成为具有亲和力和感召力的文化桥梁。

"一带一路"沿线国家又多是中小国家。它们的语言多是非通用的"小语种"，我国在这方面的人才储备相对稀缺，学科建设相对薄弱；长期以来，对这些国家的文学作品缺乏系统性的译介和研究。从这个意义上说，"文库"的出版具有填补空白的性质，不仅能使我们了解这些国家的诗歌，也使相关的学科建设和学术研究有了新的生长点。

"'一带一路'沿线国家经典诗歌文库"的现实意义和深远影响已经很清楚了，但同样清楚的是其编选和翻译的难度。其难点有三：一是规模庞大，每个国家一卷，也要六十多卷，有的国家，如俄罗斯、印度，还不止一卷；二是情况不明，对其中某些国家的诗歌不是一无所知也是知之甚少，国内几乎从未译介过，如尼泊尔、文莱、斯里兰卡等国；三是语言繁多，有些只能借助英语或其他通用语言。然而困难再多，编委会也不能降低标准：一是尽可能从原文直接翻译，二是力争完整地呈现一个国家或地区整体的诗歌面貌。

总之，"文库"的规模是宏大的，任务是艰巨的，标准是严格的。如何完成？有信心吗？答案是肯定的。信心从何而来呢？我们有译者队伍和编辑力量做保证。

"'一带一路'沿线国家经典诗歌文库"的编译出版由北京大学外国语学院和作家出版社联袂承担，可谓珠联璧合，阵容强大。

北京大学外国语学院是国内外国语言文学界人才荟萃之地，文学翻译和研究的传统源远流长。北大外院的前身可以追溯到京师同文馆（一八六二年）和京师大学堂（一八九八年）。一九一九年北京大学废门改系，在十三个系中，外国文学系有三个，即英国文学系、法国文学系、德国文学系。一九二〇年，俄国文学系成立。一九二四年，北京大学又设东方文学系（其实只有日文专业）。新中国成立后，东语系发展迅速，教师和学生人数都有大幅度增长。一九四九年六月，南京东方语言专科学校和中央大学边政学系的教师并入东语系。到一九五二年京津高校院系调整前，东语系已有十二个招生语种、五十名教师、大约五百名在校学生，成为北大最大的系。

一九五二年院系调整时，重新组建西方语言文学系、俄罗斯语言文学系和东方语言文学系。其中西方语言文学系包括英、德、法三个语种，共有教师九十五人，分别来自北大、清华、燕大、辅仁、师大等高校（一九六〇年又增设西班牙语专业）；俄罗斯语言文学系共有教师二十二人，分别来自北大、清华、燕大等高校；东方语言文学系则将原有的西藏语、维吾尔语、西南少数民族语文调整到中央民族学院，保留蒙古、朝鲜、日、越南、暹罗、印尼、缅甸、印地、阿拉伯等语言，共有教师四十二人。

北京大学外国语学院于一九九九年六月由英语系、西语系、俄语系和东语系组建而成，下设十五个系所，包括英语、俄语、法语、德语、西班牙语、葡萄牙语、日语、阿拉伯语、蒙古语、朝鲜语、越南语、泰国语、缅甸语、印尼语、菲律宾语、印地语、梵巴语、乌尔都语、波斯语、希伯来语等二十个招生语种。除招生语种外，学院还拥有近四十种用于教学和研究的语言资源，如意大利语、马来语、孟加拉语、土耳其语、豪萨语、斯瓦希里语、伊博语、阿姆哈拉语、乌克兰语、亚美尼亚语、格鲁吉亚语、阿塞拜疆语等现代语言，拉丁语、阿卡德语、阿拉米语、古冰岛语、古叙利亚语、圣经希伯来语、中古波斯语（巴列维语）、苏美尔语、赫梯语、吐火罗语、于阗语、古俄语等古代语言，藏语、蒙语、满语等少数民族及跨境语言。学院设有一个一级学科博士点、十个二级学科博士点和一个博士后流动站，为北京市唯一外国语言文学重点一级学科。学院师资力量雄厚：全院共有教师二百一十二名，其中教授六十名、副教授八十九名、助理教授十六名、讲师四十七名，拥有博士学位的教师一百六十三人，占教师总数的百分之七十七。

从以上的介绍不难看出，北京大学外国语学院的语言教学和科研涵盖了"一带一路"的大部分国家，拥有一批卓有成就的资深翻译家和崭露头角的青年才俊，能胜任"文库"的大部分翻译工作。至于一些北大没有的"小语种"国家，如某些中东欧国家，我们邀请了高兴（罗马尼亚语）、陈九瑛（保加利亚语）、林洪亮（波兰语）、冯植生（匈牙利语）、郑恩波（阿尔巴尼亚语）等多名社科院外文所和兄弟院校的专家承担了相应的翻译工作，在此谨对他们表示诚挚的敬意和衷心的感谢。

有好的翻译，还要有好的编辑。承担"'一带一路'沿线国家经典诗歌文库"编辑出版任务的作家出版社是国家级大型文学出版社，建社六十多年来出版了大量高品质的文学作品，积累了宝贵的资源和丰富的经验。尤其要指出的是，社领导对"文库"高度重视，总编辑黄宾堂、前总编辑张陵、资深编审张懿翎自始至终亲自参与了所有关于"文库"的工作会议，和北大诗歌研究院、北大外国语学院的领导一起，精心策划，全力以赴，保证了"文库"顺利面世。

最后还要说明的是，"'一带一路'沿线国家经典诗歌文库"得到了北大校领导的大力支持。"文库"第一批图书的出版恰逢北京大学建校一百二十周年（一八九八年至二〇一八年），编委会提出将这套图书作为对校庆的献礼。校领导欣然接受了编委会的建议，并在各方面给了大力支持，校党委宣传部部长蒋朗朗同志从始至终参与了"文库"的策划和领导工作。至于北京大学外国语学院的领导更是责无旁贷地承担了全部翻译工作的设计、组织和落实。没有他们无私忘我、认真负责的担当，完成这样艰巨的任务是不可能的。

"'一带一路'沿线国家经典诗歌文库"第一批诗作即将出版，这只是第一步，更艰巨的工作还在后头；更何况随着时间的推移，"一带一路"的外延会进一步扩展，"文库"的工作量和难度也会越来越大。但无论如何，有了这样的积累，我们完全有理由相信，"'一带一路'沿线国家经典诗歌文库"会越来越好。为了实现这样的目标，我们期待着领导、业内同仁和广大读者的批评指教。

赵振江
二〇一七年秋
于北京大学蓝旗营寓所

前　言

自古以来，印度便以诗歌大国而著称。公元五世纪初，曾游学北印度、后于长安译经的一代高僧鸠摩罗什曾言："天竺国俗甚重文藻，其宫商体韵，以入弦为善。凡觐国王，必有赞德。见佛之仪，以歌叹为贵。经中偈颂，皆其式也。"[1]这段话传达了两条信息：其一，诗歌在印度应用广泛，尤其是在宫廷生活中。其二，作为印度的邻居，中国对印度诗歌的了解主要是通过佛经的媒介。故而这部《古印度诗选》所收录的诗歌，上自公元前一四〇〇年至公元前一〇〇〇年左右《梨俱吠陀》中的诗篇，下至十二世纪《牧童歌》中的选段，时间绵延近三千年，尽量囊括各个阶段、各类诗歌中的代表性作品。此外，考虑到汉语读者的接受习惯，佛教诗歌占据了一定的篇幅。

一般认为，印度最早的诗歌作品是四部吠陀本集，尤其前三部，是雅利安人进入印度次大陆后创造出的文明成果。其中的诗歌供祭司在祭祀时唱诵，主要用作仪式用途：劝请祭司念诵《梨俱吠陀》，咏歌祭司唱诵《娑摩吠陀》，行祭祭司低诵《夜柔吠陀》。《阿达婆吠陀》相对后起，带有巫术性质，一般认为与印度的土著文化相关。吠陀文献也是早期的婆罗门教的文献基础：吠陀被视为"天启"（śruti），而非人为（apauruṣeya）或传承（smṛti）文献。尽管吠陀主要是宗教文本，与祭祀相关，但其中有些诗歌——尤其是《梨俱吠陀》与《阿达婆吠陀》中的诗篇，意象生动、比喻新颖，具有很高的文学价值，对后世的古典梵语文学创作产生了一定的影响。

在《梨俱吠陀》中，诗歌主要是用来劝请神祇降临祭祀的。因此，诗

1　僧祐撰，《出三藏记集》，苏晋仁、萧鍊子点校，中华书局，1995 年，第534 页。

人们争奇斗巧，竞相构思生动的意象、新颖的比喻，或歌颂神祇的优美形体，或赞扬他们的丰功伟绩，以吸引神灵下降。例如第五篇第二十九首诗歌的末尾："因陀罗啊，请接受我们的新诗！我们渴求财富，巧妙地（制作新诗），犹如缝制精美的衣裳，犹如制造车辆。"[1] 在吠陀的思想世界中，日常生活领域、仪式领域与宇宙运转之间存在着同构关系，诗人的任务就是发现这些隐秘的联系，并将其表达出来。例如第四篇第五十二首诗歌中，黎明时分的霞光之色如同母牛身上的颜色，于是朝霞女神被称为"奶牛之母"，红色奶牛的意象充斥着献给朝霞女神的颂诗。在这个意义上，吠陀诗人是窥知宇宙奥秘的"仙人"。到了公元前一〇〇〇年左右，随着祭祀仪式越来越固化，仪式上唱诵的内容也开始固化。创作新颖的颂诗不再是祭司阶层首要的考虑，他们开始强调要严格地记诵传统的诗歌。《梨俱吠陀》的编集便反映了保存传统颂诗、从而在仪式上进行使用的这一需求。[2]

　　除了祭祀以外，战斗在雅利安人的生活中也占据着重要地位。"国之大事，在祀与戎。"文献反映出：他们在进入印度次大陆以后，与原来的土著居民连年征战，不断将疆域从西北向东南拓展。在这一过程中，既有雅利安人内部各部落之间的联盟与争斗，也有雅利安人整体对外的吞并与侵伐。两大史诗《摩诃婆罗多》与《罗摩衍那》传唱的就是这样两场大战。其中，《摩诃婆罗多》涉及的地域主要位于印度的西北部，那时尚未发展出优雅的城市文化与精致的宫廷生活，整部史诗的风格是比较粗犷奔放的。在流传的过程中还吸纳了各种生动有趣的故事传说，别具特色，为后世的文学创作提供了取之不竭的素材。《罗摩衍那》则不然，罗摩的故乡在印度东北部的阿逾陀，其时雅利安人的势力已开始深入南方，宫廷生活也带上了享乐甚至阴谋的意味，文学趣味日趋精致。在这种背景下诞生的《罗摩衍那》被称为"最初的诗"，擅长运用各种韵律与修辞手段，描写宫廷政治、战斗场面、爱情悲欢、自然美景，都活灵活现，成为后世诗人遵循的典范。

　　《罗摩衍那》第一篇《童年篇》的第一至四章，详细交代了诗歌的内

1　转引自黄宝生，《印度古代文学》，中国社会科学出版社，2020 年，第 36 页。
2　Jamison, Stephanie W., and Joel P. Brereton, eds. *The Rigveda: the earliest religious poetry of India*. Vol. 1. South Asia Research, 2014. pp. 23-28.

容与创作过程。第一章是仙人那罗陀向苦行者蚁垤概述罗摩的生平故事。有了内容之后，尚待解决的就是形式问题。接下来的第二章描述蚁垤创制输洛迦的过程[1]，其中情绪起到了至关重要的作用。在树林里，蚁垤看到一对交欢中的麻鹬，公麻鹬被杀："那只母麻鹬看到，公的被杀血满身，在地上来回翻滚，她悲鸣凄惨动人。这位仙人看到了，尼沙陀杀死的麻鹬，他虔诚遵守达磨，动了怜悯慈悲之意。"出于慈悲之心，他不假思索、脱口而出一番话，安慰母麻鹬、诅咒尼沙陀。之后他反思这番话的形式：

> 他这样说完了以后，
> 心里面又反复琢磨：
> "我为那只母麻鹬伤心，
> 究竟说了一些什么？"
> 这个大智者想着想着，
> 又引起了翻滚的思潮，
> 他这个牟尼中的魁首，
> 便对他的徒弟说道：
> "我的话都是诗，音节均等，
> 可以配上笛子，曼声歌咏，
> 因为它产生于我的输迦，
> 就叫它输洛迦，不叫别名。"（1.2.15-17）

至此，诗体输洛迦诞生，通过语音上的近似，形式（śloka）与情感（śoka，忧伤）之间的关系得以确立。之后，梵天现身，对这一诗歌形式进行印可："你作了一首输洛迦，不要再迟迟疑疑。婆罗门呀！由于我的意旨，萨罗私伐底已站在你眼前。最高的仙人呀！现在就请你来编写纂述罗摩故事全传。"萨罗私伐底即印度神话中的辩才天女，是智慧的化身、

1　输洛迦是一种诗律的名称，以音节的数目和长短为标准。每一诗颂分为四个音步，每个音步由八个音节构成。与《梨俱吠陀》中的阿奴湿图朴（anuṣṭubh）诗律类似，但规定更严格。由于输洛迦体形式相对简单，故而成为两大史诗采用的诗律形式，也常见于佛经偈颂。以下关于输洛迦创制的过程，引文都见于季羡林译，《罗摩衍那（一）》，第一篇第二章，江西教育出版社，1995年，第17至24页。

诗人的保护神。这一创作冲动几乎有点类似于陆游的诗人自道:"文章本天成,妙手偶得之。"在情绪迸发的基础上,梵天不仅赋予了灵感的保障,还许诺了诗人的名声:"只要在这大地上,青山常在水常流,《罗摩衍那》这传奇,流传人间永不休。只要那罗摩的故事,你所叙述的能流传,你也就能够永生,在天上,在人间。"原本由于外在事件的刺激而偶得的文学形式,通过作者的反思,经过神力的介入,开始发展成自觉的文学创作:

> 蚁垤的思想完全净化,
> 这样就产生了神智。
> 他心里想:"我一定要写
> 《罗摩衍那》全部的诗。"
> 这位睿智大牟尼,聪慧无比声名扬。
> 成百成百输洛迦,在他笔下放光芒。
> 写成一部罗摩传,光辉灿烂照远方。
> 字义优美音匀称,沁人心脾世无双。(1.2.40-41)

思想的净化、神智的产生,都透露出了诗人的创作状态。这样一部在情绪的激发下被创作出来的诗歌,在流传接受的过程中也具有感人至深的力量:

> 这部诗具备各种情绪:
> 快乐、爱情、怜悯、忿怒、
> 勇武、恐怖,还有厌恶,
> 它就这样为他俩诵读。(1.4.8)
> 不管是在什么时候,
> 只要虔诚神圣的大仙,
> 聚在一起,坐在一起,
> 他们俩就把这诗来念。(1.4.13)
> 两个人进入了情绪,
> 就合起来纵声高歌,
> 甜蜜、激昂又优美,

音调均匀又很柔和。（1.4.17）[1]

到这里，诗歌中的"情""味"论已初具雏形。"情""味"论几乎可以被称作梵语诗学中最具特色的理论基石之一。一般认为，定型于公元四世纪左右的《舞论》奠定了表演艺术中的"情""味"论："通过语言、形体和脸色以及真情表演，传达诗人心中的感情，它被称为情。"而"味产生于情由、情态和不定情的结合"[2]。演员通过对"情"的表演，使观众品尝到"味"的感受。但诗人心中的感情如何产生，《舞论》中却未作说明，《罗摩衍那》中蚁垤创制输洛迦的情节，似乎可以看作是对此问题的解释。在某种意义上，《罗摩衍那》的两位唱诵者也有点类似于戏剧演员，通过唱诵传达史诗中的情味，从而达到感动听众的效果。九世纪的欢增在其《韵光》中指明："最初的诗人在《罗摩衍那》中亲自宣称是悲悯味，说道：'忧伤变成了输洛迦。'他在自己的作品中展现这种味，以永远失去悉多为结局。"[3]体现了后世对《罗摩衍那》接受的一个视角。

在修辞方面，《罗摩衍那》一方面继承了《梨俱吠陀》中比喻优美生动的传统，另一方面也显得更为轻盈灵活，褪去了宗教祭祀的内涵，更富诗歌的审美性。例如对夜空中月亮的描写："聪明的猴子看到了走到中天的月亮，吐出了巨大的精力，散发出缕缕清光。那月亮在太空中，闪光辉煌灿烂辉煌；像一只怀春公牛，在牛圈里徘徊一样。"[4]这里将月亮比作公牛，类似于《梨俱吠陀》中将晨曦霞光比作红色的牝马、奶牛。季羡林先生特意指出《罗摩衍那》在描绘自然景色方面的成就很高，而且长于情景交融。[5]比较典型的是第四篇《猴国篇》中对雨季的描述，因为罗摩与悉多的离别，所有的景物似也染上了相思的惆怅：

1　引文参见蚁垤：《罗摩衍那》（一），季羡林译，江西教育出版社，1995年，第一篇第四章，第32至34页。译文1.4.8里的"情绪"对应的梵语原文是rasa，1.4.17里的"情绪"对应的则是bhāva，金克木、黄宝生两位先生将两个梵文词分别译作"味"与"情"。

2　黄宝生编译，《梵语诗学论著汇编（增订本）》，中国社会科学出版社，2019年，第68页，第60页。

3　黄宝生编译，《梵语诗学论著汇编（增订本）》，第542至543页。

4　蚁垤：《罗摩衍那》（五），季羡林译，第57页。

5　季羡林：《〈罗摩衍那〉浅论》，收录《季羡林文集》第八卷《比较文学与民间文学》，江西教育出版社，1995年，第112至113页。

苍天好像害了相思病，

上面的云彩又白又黄，

微风就是它的呼吸，

染着旃檀色的霞光。

大地已经干了很久，

现在吸到了新鲜的水；

就像忧愁煎熬的悉多，

它现在散发出热泪。（4.27.6–7）[1]

相较而言，《梨俱吠陀》第五篇第八十三首诗中对雨云的歌颂，气势更加宏伟，充满了神话的力量，散发着勃勃生机，突出了雨云对万物的滋润与长养之功。这里则表现出了分离两地的爱侣之间的相思之意，缠绵悱恻。

大约与两大史诗的最初萌芽同时或略早一些，公元前五、六世纪，随着吠陀文献的日趋繁缛化以及婆罗门阶层的特权地位被无限拔高，一股反对婆罗门教的沙门思潮兴起了。沙门思潮是对当时新兴的各种思想潮流的统称，其共同的特点是：反对居家祭祀而倡导离家苦行，轻视现世的享乐而看重来世的果报。为何会突然出现这样一种几乎席卷当时整个印度东北部的新思想动向？研究者迄无定论。一个可能的假设是这与印度本土原来的土著居民的文化有关，因沙门思潮主要发端于吠陀文化传统相对薄弱的印度东北部地区。后来传至中国、影响遍及整个亚洲乃至全世界的佛教，便是沙门思潮中的一种。佛教自诞生后，在数千年的发展中积累起庞大的文献体系，又因传教地域的扩展而拥有各种不同语言的经典，如巴利语佛典、犍陀罗语佛典、梵语佛典、汉语佛典、于阗语佛典、吐火罗语佛典、回鹘语佛典、藏语佛典、西夏语佛典、蒙古语佛典、满语佛典，等等。其中，巴利语佛典与梵语佛典是由印度原语写就、数量庞大且影响深远的两大系统。相较而言，巴利语佛典质朴生动，梵语佛典华美铺陈，都不乏文学佳作。

在吠陀文化的末期，婆罗门阶层祭祀颂诗的创作式微，代之而起的是两种不同的发展路径：一是在刹帝利阶层宫廷文化圈内兴起的史诗，即上

1　蚁垤：《罗摩衍那》（四），季羡林译，第175页。

文已经介绍过的两大史诗。二是抒情小诗,关注自然界和生活中微小的元素、场景,雕琢细节,在遣词造句上都着意加工。但这些小诗并没有刻意使用各种繁琐的修辞方法,而是更注重"味"的传达与"韵"[1]的含蓄。抒情小诗早期的代表性选集有巴利语的《长老偈》《长老尼偈》,摩诃刺陀语的《七百咏》等,均由方言写就。为了直观感性地了解抒情小诗的形式特点及其发展,可以参看不同阶段的诗歌对同一主题的不同表现,例如雨季。雨季是印度文学中常见的一个母题,包蕴着深刻的文化内涵,本选集也摘录了相关的几首诗歌,包括《梨俱吠陀》第五篇第八十三首求雨诗。《长老偈》中 1.2.3 林木长老偈是对雨季群山的细致描摹,处处透露出雨安居的闲适与恬淡,营造一种清冷、宁静的宗教氛围。其中已经出现了后世雨季诗歌中一些常见的意象:乌云、群山、水流、昆虫等。只是传达的情绪相对淡远、宗教化,描写也相对简单,没有后来的铺陈与繁缛。发展到古典梵语诗歌,雨季已经成为一个承载离愁别绪、情人欢会的季节。在雨季期间,大部分活动都中止了。僧人不再游方,而是定居于一地,进行雨安居。军事、商业等方面的行动也都暂告一段落,远行的游子归家,与家人团聚。此时若因故在外逗留,就加倍感觉离别相思之苦。《六季杂咏》《妙语宝库》中有关雨季的诗歌,相当一部分便属于此类。这两种选集,另外还包括伐致呵利的《三百咏》以及《阿摩卢百咏》[2]等作品,都延续了抒情诗的传统。根据其篇幅长短,抒情诗又可分为一颂的短诗和多颂的长诗两种。抒情长诗的代表作即迦梨陀娑的《云使》。

大诗(或称分章诗、长篇叙事诗等)从史诗脱胎而来,并糅合了抒情小诗擅长写景、重视"味""韵"的特点。相较于叙事,更关注描写层面。此外,不同于口头唱诵的史诗,大诗更加艺术化,也更为强调知识素养。之所以被称为大诗,乃是因其内容的深度与广度。檀丁在《诗镜》中曾谈及对于大诗的规定:"它依据历史传说和故事或其他真实事件,展现人生四大目的果实,主角聪明而高尚。它描写城市、海洋、山岭、季节、月亮或太阳的升起、在园中或水中的游戏、饮酒和欢爱。它描写相思、结

1　概括而言,"韵"指的是作品的隐含义、象征义等。在阐发"味"与"韵"的概念时,诗论家往往喜欢征引小诗的例子。故而有学者认为虽然韵论提出得较晚,但在早期的诗歌创作中早就存在,后来才有了理论上的重新发现。

2　参见傅浩译,《阿摩卢百咏》,中西书局,2016 年。

婚、儿子出世、谋略、遣使、进军、胜利和主角的成功。"[1] 马鸣和迦梨陀娑的作品都可称得上是大诗的典范。马鸣的时代较早，故而他的大诗《佛所行赞》与《美难陀传》更接近史诗的风格，很多段落叙事的功能大于描写的功能。而迦梨陀娑的《鸠摩罗出世》与《罗怙世系》则将大诗在铺陈描摹上的艺术潜能发挥到了极致。继迦梨陀娑的长篇叙事诗之后，还有婆罗维的《野人和阿周那》、摩伽的《童护伏诛记》与吉祥喜的《尼沙陀王传》等优秀作品。三位诗人都是截取史诗中的一个片段，联缀上大诗所要求的各种描写，竞逞语法、诗艺之能，在遣词造句上极为考究。叙事功能隐没，甚至可以说已经带上了形式主义的色彩，有的章节纯粹只是为了展示诗人对语法、修辞、格律的掌握与高超的语言技巧。这三部作品，加上迦梨陀娑的两首长诗，并称为古典梵语的"五大诗"（Pañca-mahākāvya）。此后，还有一些模仿诗歌，但发展的方向不是题材的扩充或境界的扩大，而是在每一诗颂的描写和修辞上竞相炫技。大约在十世纪至十二世纪，克什米尔地区与孟加拉地区形成了两个新的文学创作中心。胜天的《牧童歌》是其中比较有代表性的杰出作品。

发展到后来，梵语诗歌越来越深地陷入形式主义与程式套路的窠臼。如诗人青颈（Nīlakaṇṭha）就曾以一百首诗的篇幅来描写、称颂情人的下唇。与六朝时期汉语诗歌的"形式主义"——"连篇累牍，不出月露之形；积案盈箱，唯是风云之状"——相比，似是有过之而无不及。除了内部的发展遭遇困境，梵语诗歌的外部环境也不太乐观。十二世纪以后，随着穆斯林政权的建立，梵语的特权地位逐渐降低。另一方面，各地方言文学也在郁郁勃兴。在之后的几个世纪里，梵语文学文献虽然在婆罗门的精英教育中依然占据着重要地位，但已失去了活力与新的生长点，不再有杰作问世。尽管其影响已渗透到印度人生活的方方面面，却已不再是主流的文学样态了。

关于诗选的体例，金克木先生在其《印度古诗选》的序文中曾经提及[2]：许多诗歌原本没有题目，但为了使读者了解诗意，便添加了诗题。本选集亦奉行这一体例，在提供编号、诗颂数方便读者查找之外，也拟出相应的诗题，以助读者迅速了解诗歌的主要内容。金先生还交代：尽管诗中有些难词难句和典故，但考虑到面向的读者是一般文学爱好者而非研究者，为

1　黄宝生编译，《梵语诗学论著汇编（增订本）》，第334页。
2　金克木，《天竺诗文》，江西教育出版社，1999年，第7页。

了阅读的流畅，都未加注释。如今时间已过三十余年，前辈学者译介不辍，互联网与多媒体使得信息的交流更为快捷便利，当下的广大读者对印度文学的了解也更为广泛深入。有鉴于此，本选集酌情添加了一些注释，交代诗歌的背景、运用的典故、不同的阐释等。尤其是最后一首《牧童歌》[1]，若是不以注释的形式交代所指涉的神话故事，读者就会完全一头雾水，不知所云。在这种情况下，即使偶尔牺牲阅读的流畅感，亦属无可奈何之举。

至于印度古诗的格律，金先生在序文中也有介绍："印度古诗有格律而无脚韵，但都可以吟咏，并很重视句中的谐音。"本选集中，最后一首《牧童歌》由于受方言文学影响，是有脚韵的，其他诗作如金先生所说，并无脚韵，但有时会采用各种谐音的修辞手法，译为汉语时很难再现其声韵技巧效果，殊为可惜。金先生进一步追溯古代译经的做法："佛经译诗不加脚韵就不利吟唱；和尚诵经时唱的调子难分诗与散文"，故而他的译法也是"尽量直译而采用脚韵"，直译往往便译成了散文的形式。除吠陀诗歌中有三行为一诗颂的诗律外，一般而言，印度古诗都是双行一诗颂，没有标点句读。双行一般又分为四个音步（pāda），四个音步的音节数相等，如八音节、十一音节、二十一音节等。金先生的译诗一般分为四行，但按照汉语的习惯加上了句读。编者所译的一些诗歌选目亦遵循此种译法，偶尔译成五言或七言诗体，但未能严格遵循平仄粘连之规。如何有效地传达印度古诗的声韵效果，自古以来就是难解之谜。一代译经大师鸠摩罗什在介绍了印度古诗的"宫商体韵"之后感慨道："但改梵为秦，失其藻蔚。虽得大意，殊隔文体。有似嚼饭与人，非徒失味，乃令呕哕也。"[2]看似绝境，但鸠摩罗什所译的许多佛典到今天依然被广为传诵。翻译诗歌乃是戴着脚镣的起舞，纵然艰难，但为了让更多读者能够欣赏殊方异域的文学之美，只好勉力为之。也期待同好们"如切如磋，如琢如磨"，在砥砺中推出更多、更好的译文。

范晶晶

---

1 葛维钧先生于 2019 年译出了《牧童歌》的全本（中西书局），并提供了详细的注释。由于葛先生的译文采用散文体，故而本选集对第一章尝试进行了诗体的翻译。

2 僧祐撰，《出三藏记集》，苏晋仁、萧鍊子点校，第 534 页。

吠陀时期

（公元前一五〇〇年至公元前五〇〇年）

所谓"吠陀"（Veda），本义为"知识"，是一类文献的总称，属于印度历史上最古老的文献类别。狭义的"吠陀"是指四部吠陀本集（Saṃhitā）：《梨俱吠陀》（Ṛgveda）、《娑摩吠陀》（Sāmaveda）、《夜柔吠陀》（Yajurveda）与《阿达婆吠陀》（Atharvaveda）。一般而言，四部本集都与祭祀仪式相关，分别为颂诗、歌咏、祭词与咒语。广义的"吠陀"不仅包含四部本集，还囊括了围绕对本集的阐释而产生的一系列衍生文献，包括"梵书""森林书""奥义书""仪轨经"等。这些经典定型的时间先后不一，延绵近千年，即大约从公元前一五〇〇年到公元前五〇〇年。这段时间被称为"吠陀时代"，吠陀文献所使用的梵语也被称为"吠陀梵语"。

在漫长的数千年间，吠陀文献一直在印度的婆罗门阶层之中口耳相传；既用于祭祀仪式，也是他们在阶层内部进行教育传承的重要内容。直到十九世纪上半叶，才由欧洲学者整理成书面文字出版，进入国际学界的视野。然而，在吠陀研究史上，大部分学者的眼光都聚焦于其语言特色或宗教内涵，只有少数学者关注到吠陀诗歌的文学性，例如：各种优美生动的比喻，灵活多变的押韵，对后世的颂神歌影响很大的颂诗题材，为后世文学提供了丰富的想象源泉的神话故事等。在四部吠陀本集中，公认《梨俱吠陀》与《阿达婆吠陀》的文学性相对更强，而《娑摩吠陀》与《夜柔吠陀》基本上是为祭祀服务。

在国内，金克木先生是翻译吠陀诗歌的先驱，其明快优美的译文似能穿越数千年的时空距离，带领读者进入那个古老而神秘的吠陀世界。金先生的译文原本没有注释，本选集为其译诗增加了题解，方便读者了解诗歌的背景与内容。

《梨俱吠陀》

　　《梨俱吠陀》不仅是印度，甚至也是印欧语系中现存最古老的诗歌总集。阿尔弗雷德·路德维希曾言："就我们所知的印度文学而言，《梨俱吠陀》不以任何文献为前提。相反，印度的所有文献，印度人的全部生活，都将吠陀视为理所当然。"[1]

　　《梨俱吠陀》共十篇，收录一千零二十八首诗歌。一般认为，第二至七篇中的大部分诗歌较为古老，相传由印度历史上赫赫有名的几大婆罗门（仙人）家族——婆利古、众友、筏摩天、阿特利、持力、极裕等——接受天启后，代代口耳相承。第八篇据说部分传承自甘婆家族与安吉罗家族。而第一、九、十篇则记录了单首诗歌的作者名字，甚至还包括女性作者，故而被认为时代较晚。但第九篇主要关于苏摩祭，这一祭祀可追溯至印度—伊朗人的信仰，从这点来看可能又较古老。也就是说，要想确定一首甚至一篇诗歌的年代，都是非常困难的。大致而言，一般推测《梨俱吠陀》开始定型的年代大约在公元前

---

[1] Alfred Ludwig, *Der Rigveda oder die heiligen Hymnen der Brahmana*, Vol. III, Verlag von F. Tempsky, 1881, p. 183.

一四〇〇年左右。

诗集的内容包罗万象，以颂神祭祀的诗歌居多，呈现出与后世印度文学不同的面貌。在《我们坐在渔屋畔》一诗中，海涅曾如此想象远方的印度人："恒河岸边香四溢，树木蓊郁花灼然，阳光沐浴美人面，安静拜倒莲花前。"他熟练地运用了古典梵语文学中常见的意象：恒河、高大的榕树、莲花等，诗意地再现了迦梨陀娑笔下的印度。然而，这个经由浪漫主义的颂扬而广为人知的印度形象，却与吠陀时代的印度相去甚远，上述意象也不见于吠陀文献。《梨俱吠陀》是雅利安人越过兴都库什山、活动于印度河流域（即今天的旁遮普一带）时期创作的成果。此时他们尚未进入农耕社会，以牧牛为主，整体的精神风貌是世俗刚健、淳朴自然的，没有发展出轮回的概念，而是通过祭祀寻求死后的天堂。种姓制度还未严格确立，诗歌所展现的是包括祭司、武士、牧人、农民、商人、手工业者在内的各个社会群体的生活。除了晚期的一些表达抽象哲思的诗歌外，整体上语言简洁明快、意象生动鲜明，具有很强的感染力。

1.1 阿耆尼（火）[1]

我歌颂阿耆尼（火），司祭者，
在祭祀中，是天神，是祭司，
颂赞者，最高的赐予财宝者。（1）

阿耆尼（火）一向为古仙人
和新近的仙人所歌颂，
愿他引送天神到这里。（2）

愿能由阿耆尼（火）得到财富，
每天每天得到富裕，
名声显赫，英雄辈出。（3）

阿耆尼（火）啊！那祭祀
四面由你围绕，
它才走到天神中间。（4）

颂赞者阿耆尼（火），有智者慧力，
真实不虚，最具有华美的声誉，
愿尊神和天神们一同降临。（5）

凡是你对崇拜者
所要给的好处，阿耆尼（火）啊！

---

1 火在印度人的宗教生活中占据着重要地位，《梨俱吠陀》中约有二百首颂诗是敬献给火神的。火神是神和人之间的使者，作为不朽者却居于必死的人类中间，为家庭提供庇佑，为人类提供温暖，似是一位亲切温和的师友。

你的那件事就会实现，安吉罗（火神）啊！（6）

阿耆尼（火）啊！每天每天对着你，
照明黑暗者啊！我们思想上
充满敬意接近你。（7）

你主宰着各种祭祀，
是秩序的光辉的保卫者，
在自己宅内不断增长。（8）

愿你对我们，如父对子，
阿耆尼（火）啊！容易亲近，
愿你与我们同居，为我们造福。（9）

（金克木　译）

2.12 因陀罗[1]

生来即神异，杰出有智慧，

凭借其思力，庇佑众天神[2]，

因其大能量，两界[3]惧其威。

世上众人呵，彼即因陀罗。（1）

地动不止息，是其令稳固，

群山四处游，是其使恒定，

延展虚空界，支撑起穹苍。[4]

世上众人呵，彼即因陀罗。（2）

诛杀大蛇后，释放七河水，

打开婆罗穴，解救众牛群，

双石间生火，战场制胜者。[5]

---

1 因陀罗是《梨俱吠陀》中的主神，《梨俱吠陀》约四分之一的篇幅，即二百五十余首诗歌是敬献给他的。因陀罗主司雷电与战斗，最大的神迹是诛杀旱魔弗栗多、释放七河之水。其诗律为 11 音节 / 行 ×4 行 / 诗颂的特里湿图朴（triṣṭubh）体，故而在翻译时尝试将其译成了五言八句，尽量贴合原诗的节奏。吠陀诗歌尽管讲究韵律，却尚未发展出后世文人宫廷之作那样繁复的技巧，诗篇的布局与用字还是比较朴素的。因此，翻译时也未严格地遵循平仄与对仗，甚至不避重复的用字，试图尽量还原诗中循环往复的篇章结构。

2 根据十四世纪的注家沙衍那（Sāyaṇa）的注释，"思力"即诛杀弗栗多等事迹；"庇佑"一词，或解作"超越"。

3 沙衍那将"两界"解释为天、地。

4 这一颂赞美因陀罗在三界（大地、空中、天堂）的神迹。

5 诛杀大蛇指因陀罗杀死旱魔弗栗多、释放印度河七河之水的故事。婆罗（Vala）意为"洞穴"，也是一位恶魔的名字，传说是弗栗多的兄长，囚禁了牛群。于双石间生火，一般认为是雷电之火。沙衍那将双石解释为两朵云之间，而另一位注释家杜尔伽（Durga）则认为是天地之间。

世上众人呵，彼即因陀罗。（3）

由彼之缘故，万物皆运转，
臣服达娑[1]种，驱逐令隐匿，
如赌徒得胜，取敌诸财物。
世上众人呵，彼即因陀罗。（4）

众人问起他："彼人居何处？"
或说可怖者："彼实不存在。"
如骰毁敌财，必当信任他。[2]
世上众人呵，彼即因陀罗。（5）

贫弱与病苦，皆令其增长。
婆罗门祭司，求告便施援。
以石榨苏摩，美颔者护佑。[3]
世上众人呵，彼即因陀罗。（6）

掌管良马匹，掌管众牛群，
掌管村邑落，掌管诸战车，
造日与朝霞，引导众水流。
世上众人呵，彼即因陀罗。（7）

两敌交锋时，无论强与弱，

1　达娑：梵文 dāsa，亦有奴仆之意，一般认为是指印度的土著原住民。
2　"如骰毁敌财"即他如同（不利的）骰点，毁掉敌人的财富。这一颂有三层意思。第一层意思是：有人怀疑因陀罗的存在；第二层意思是：有人断言因陀罗不存在；第三层意思则是：诗人敦促人们相信因陀罗的存在并信赖他。
3　这一行的意思是：因陀罗嗜饮苏摩，信徒以石头榨取苏摩汁敬神，便能得到他的护佑。因陀罗还有一个形容词，suśipra，沙衍那解作"美颔"，一般用来形容因陀罗善饮苏摩。

分别呼其名；御者与战士，

同登一战车，各自呼其名。

世上众人呵，彼即因陀罗。（8）

若人离开他，胜利不可得。

战士对阵时，吁请其援助。

为万物影像，撼动不动者。

世上众人呵，彼即因陀罗。（9）

常利箭诛杀，犯大罪过者，

纵其不自知[1]；狂傲者骄狂，

绝不轻宽恕；蠲除灭达休[2]。

世上众人呵，彼即因陀罗。（10）

商波罗隐匿，藏于群山中，

整整四十秋，终于得觅之。

诛杀强大蛇，躺卧达奴子[3]。

世上众人呵，彼即因陀罗。（11）

1　关于"不自知"，沙衍那提供了两种解释：一是不知自我，二是不敬因陀罗。

2　达休，dasyu，或与前文 dāsa 有关。这一颂歌颂了因陀罗的三桩业绩：诛杀犯大罪过者；不宽恕狂傲者；蠲除达休。

3　这一颂歌颂了因陀罗的两桩业绩。一是找到并消灭商波罗（Śambara）。传说商波罗是印度土著居民的国王，多年来藏身于山中，建造了众多堡垒城池，都被因陀罗一一攻破。二是上文提到过的诛杀弗栗多，即这里躺卧的达奴子（蛇的形象），达奴即弗栗多的母亲。这两则神话传说在印度文化中根深蒂固。在公元一至二世纪的犍陀罗语佛教譬喻文献中，有一个故事讲到黑、白两位魔法师斗法，其中黑魔法被称为"商波罗魔法"（śabarimaya=Skt. śambaramāyā），白魔法被称为"因陀罗魔法"（idromaya=Skt. indramāyā），参见 Lenz, Timothy. *Gandharan Avadanas: British Library Kharosthi Fragments 1-3 and 21 and Supplementary Fragments AC*. University of Washington Press, 2010, pp. 74-75.

雄牛七缰索，释放七水流。

恶魔劳醯纳，攀升跻于天，

他执金刚杵，驱逐退却之。[1]

世上众人呵，彼即因陀罗。（12）

天地皆致敬；群山惧其威；

号称嗜苏摩，臂有金刚杵；

人们又称他，手持金刚杵。

世上众人呵，彼即因陀罗。（13）

有人榨苏摩，烹煮或颂神，

或准备祭祀，他皆施佑助。

颂诗苏摩祭，增长其力量。[2]

世上众人呵，彼即因陀罗。（14）

挤榨苏摩者，烹煮祭品者，

为其勇夺利，你确为真实。

因陀罗神呵，我等勇善人，

愿诵赞神诗，愿你常亲近。[3]（15）

（范晶晶　译）

1　雄牛是因陀罗的别称。对七缰索的理解有不同的说法：沙衍那注释指出是因陀罗掌管的七种雨云，而有学者认为这是为了表明因陀罗难以掌控、难以抵御。这颂诗也歌颂了因陀罗的两桩业绩，一是上文提到的释放印度河七河之水，二是打败上天挑衅的恶魔劳醯纳（Rauhiṇa）。

2　这一颂的前半部分说明因陀罗保佑向他祭祀者，后半部分则指出祭祀中的颂诗、苏摩与祭品等也能使因陀罗的力量增长。

3　最后一颂的形式稍有变化，从第三人称变成了第二人称，直接与因陀罗对话。而且没有使用前面诗颂当中的叠句，而是对第二篇中常见的叠句稍加改动而收尾。

9.112 苏摩酒[1]

人的愿望各色各样:
木匠等待车子坏,
医生盼人跌断腿,
婆罗门希望施主来。
苏摩酒啊！快为因陀罗（神）流出来。（1）

铁匠有木柴在火边,
有鸟羽扇火焰,
有石砧和熊熊的炉火,
专等着有金子的主顾走向前。
苏摩酒啊！快为因陀罗（神）流出来。（2）

我是诗人,父亲是医生,
母亲忙推磨,
大家都像牛一样
为幸福而辛勤。
苏摩酒啊！快为因陀罗（神）流出来。（3）

马愿拉轻松的车辆,
快活的人欢笑闹嚷嚷,
男人想女人到身旁,

---

1 在《梨俱吠陀》中,有一百二十余首诗歌赞颂苏摩,主要集中在第九篇。这首诗有四个诗颂,每个诗颂只有最后的叠句与苏摩直接相关,似乎是伴随着挤榨苏摩的动作而吟诵。有学者认为这首诗具有讽刺意味,而另外一些学者则表示反对,指出这是祭祀诗歌吸收了民间诗歌的素材,平实地表达了各行各业不同的愿望。

青蛙把大水来盼望。

苏摩酒啊！快为因陀罗（神）流出来。（4）

（金克木　译）

4.52 朝霞[1]

这个光华四射的快活的女人，
从她的姊妹那儿来到我们面前了。
天的女儿啊！（1）

像闪耀着红光的牝马一般的朝霞，
遵循着自然的节令；
是奶牛的母亲，
是双马童（星）的友人。（2）

你又是双马童（星）的朋友，
又是奶牛的母亲，
朝霞啊！你又是财富的主人。（3）

你驱逐了仇敌。
欢乐的女人啊！
我们醒来了，用颂歌迎接你。（4）

像刚放出栏的一群奶牛，
欢乐的光芒到了我们面前。
曙光弥漫着广阔的空间。（5）

光辉远照的女人啊！你布满空间，
你用光明揭破了黑暗。

1　在《梨俱吠陀》中，献给朝霞女神的颂诗最完美地融合了对自然美的描摹
与隐喻性的诗性语言。为了描述美丽朝霞的光芒万丈，诗人们竞相创造出
各种华丽的隐喻。

朝霞啊!照你的习惯赐福吧!（6）

你用光芒遍覆天穹。

朝霞啊!你用明朗的光辉

照耀着广阔的太空。（7）

（金克木　译）

5.83 雨云

请用这些颂歌召唤那强大的雨云，
请赞颂他，以敬礼去求他。
公牛吼叫着，赏赐迅速；
他在草木孕藏中将水种放下。（1）

他摧毁树木，还摧毁罗刹（妖怪），
全世界都害怕他的强大兵器；
连无罪之人也见他威猛就逃跑，
这时雨云轰鸣着对恶人打击。（2）

如同车夫用鞭子抽打马，
他也这样显示出雨水使者；
远远地兴起了狮子吼声，
这时雨云使大雨从天而下。（3）

风向前吹；电向下落；
草木向上长；天空汹涌，
食物为全世界生出来，
这时雨云以水种扶助大地。（4）

在他的支配下，大地低俯；
在他的支配下，有蹄之兽跳舞；
在他的支配下，草木茂盛；
雨云啊！请赐我们洪福。（5）

摩录多（风）啊！请赐我们天雨；

请让骏马水流奔放；

请偕同这隆隆雷声向这边来；

我们的阿修罗（神圣）父亲使水下降。（6）

咆哮而来吧！轰鸣吧！请放下胎藏；

请带着盛水的车子四处飞奔；

请将打开的皮囊向下拉好；

要使高岗和低谷都一般平。（7）

请提起水桶，向下倾倒，

让放纵的水流向前泻出；

请用酥油润泽天和地，

让牛群得到畅饮之处。（8）

雨云啊！当你吼叫时，

你轰鸣着，对恶人打击；

这一切都如此欢腾，

这大地上的一切。（9）

你下过雨了。请好好收起雨来吧！

你已经使荒漠之地可以通过了。

你又为食物使草木生长了。

你从生物得到了祷告。（10）

（金克木　译）

7.103 蛙[1]

默默沉睡了一年，
好像婆罗门守着誓愿；
青蛙现在说话了，
说出雨季所激发的语言。（1）

他们躺在池塘里像干皮囊，
天上甘霖落到了他们身上；
真像带着牛犊的母牛叫声，
青蛙的鸣声一片闹嚷嚷。（2）

雨季到来了，雨落了下来，
落在这些渴望雨的青蛙身上。
像儿子走到了父亲的身边，
一个鸣蛙走到另一个鸣蛙身旁。（3）

一对蛙一个揪住另一个，
他们在大雨滂沱中欢乐无边。
青蛙淋着雨，跳跳蹦蹦，

1　这是一首颇为奇特的颂诗，从其阐释史可以约略窥见印度学研究范式的转变。起初，欧洲学者接触这首诗时，为其中的青蛙意象所震惊，将其视为一首讽刺婆罗门的诗歌。接下来，有学者通过与《阿维斯陀》以及别的文本旁证的比较阅读，提出这是一首祈雨诗：在印度，青蛙与降雨密切相关。印度本土的学者普遍同意这一观点，并从自然现象、生物学的角度提出佐证。这一阐释过程也可被视为从猎奇性的欧洲中心论出发，转向对印度本土传统的尊重与体察。直到今天，在印度的某些地区，还流行着为青蛙举办婚礼而祈雨的习俗。《春秋繁露》里也有"春旱求雨，取五虾蟆"的说法。

花蛙和黄蛙的叫声响成一片。（4）

一个模仿着另一个的声音，
好像学生学习老师的经文。
他们的诵经声连成了一片，
像雄辩家在水上滔滔辩论。（5）

一个像牛叫，一个像羊嚷，
一个是花纹斑驳，一个遍身黄，
颜色不同，名字却一样，
他们用种种声调把话讲。（6）

像婆罗门在苏摩酒祭祀的深夜，
围坐在满满的苏摩酒瓮边谈论；
青蛙啊！你们也围绕这池塘，
歌颂一年中这一天，欢迎雨季来临。（7）

这些婆罗门行苏摩祭，提高了声音，
进行一年一次的祭祀歌唱。
这些主祭人热气腾腾，流着大汗，
个个都现出来，一个也不隐藏。（8）

他们守护着十二个月的秩序，
这些人从来不弄错季节流光。
当一年中雨季来到时，
这些热气腾腾的人都得到解放。（9）

像牛叫的鸣蛙，像羊叫的鸣蛙，
花蛙，黄蛙，都使我们富有；

他们给我们千百头母牛，

在千次榨苏摩酒中使我们长寿。（10）

（金克木　译）

10.14 阎摩[1]

遵循峻急的广途逝去的，

为许多人察出了道路的，

聚集了众人的，毗婆薮之子，

是阎摩王，请向他呈献祭礼。（1）

阎摩第一个为我们发现了道路。

这一片牧场决不会被人取去。

我们的先人们逝去的地方，

后生下的人们要依各自的道路前往。（2）

摩多利（天神因陀罗）偕同迦毗阿（智者祖先），

　　阎摩偕同安吉罗（火祭者祖先），

毗诃跋提（祭主）偕同梨俱婆（歌颂者祖先），

　　都不断增强；

天神们增强他们，他们也增强天神；

这些喜欢祭神祷词，那些喜欢祭祖礼品。（3）

阎摩啊！请来坐这草垫，

同安吉罗祖先们和睦在一起。

愿智者诵的经咒引你到来，

愿你对这祭祀礼品满意。（4）

1　在《梨俱吠陀》中，经常可以看到向诸神祈求长寿的祷词，但对死亡与死后的世界似乎不甚在意。只有在第十篇中，集中有一组诗歌（第十四首至第十八首）与死亡相关，学者们基本上都同意这组诗可能用于丧葬仪式上。

请偕同应受祭的安吉罗们来临，
阎摩啊！请和毗卢波的子孙在此同欢喜。
我召请你的父亲毗婆数，
在这祭祀草垫上就坐位。（5）

我们的祖先安吉罗，那婆果，
阿达婆，婆利古，应享苏摩酒者，
愿我们处在应受祭的他们的
善意和美好恩惠之中。（6）

去吧！去吧！遵循古时道路，
到我们的祖先所去过的地方。
你将看见两位王爷欢喜祭祖礼品，
阎摩王和天神伐楼拿王。（7）

去和祖先们到一起，和阎摩一起，
带着祭祀和善行到最高的天上，
除去罪愆缺陷，再到家园，
和那身体到一起，闪闪发光。（8）

你们从这里走开，离开，往别处去！
祖先们给这人准备了这块地。
有白昼，有清水，有夜晚，优越无比，
阎摩给了他这地方休息。（9）

快跑过娑罗摩的两个儿子，两只狗，
长了四只眼的一对花狗，走平安道路；
然后到慈祥的祖先那里，
他们正同阎摩共享筵席。（10）

阎摩啊！你的那两只狗，一对护卫者，

长了四只眼，看守道路，视察人间，

王爷啊！请把这人交给他们，

并请赐福给他，使他无灾无病。（11）

长着大鼻子，贪求生命，孔武有力，

阎摩的两只狗追随着人们。

愿这两位使我们得见旭日上升，

今天在此处降福，再给我们生命。（12）

请为阎摩榨出苏摩酒；

请向阎摩奉献祭品。

祭祀向着阎摩前往，

以阿耆尼（火）为信使，精美丰盛。（13）

请向阎摩献酥油祭品；

请你们更向前进。

愿他引我们向天神，

得以延长寿命。（14）

请向阎摩王奉献

最甜蜜的祭品。

现在向以前造出道路的

前辈仙人致敬。（15）

它飞过三罐苏摩酒。

六重大地，一重广阔天空，

德利湿都、伽耶德利[1]等等诗律，

这一切都处在阎摩之内。（16）

（金克木　译）

1　德利湿都、伽耶德利即本书其他地方提到的特里湿图朴、迦耶特利，为尊
　　重原作，此处保留原有翻译。

10.34 骰子[1]

跳跳蹦蹦的，高树上采来的骰子，
是风地所生，在骰板上旋转；
像最好的苏摩酒的醉人美味，
它们使我得到无限狂欢。（1）

她不跟我争吵，也从不生气，
她对朋友，对我，都十分善良；
只因为掷出的数目多了一个，
我舍弃了我的忠顺的妻房。（2）

岳母恨我，妻子赶我走，
倒霉的人得不到同情，
还不如一匹牵去卖的老马，
看来赌徒是一无所能。（3）

胜利的骰子贪图了他的财产，
他的妻子现在被别人拥抱，
父母兄弟都对他说：
我们不认识他，把这受缚的人带跑。（4）

我想到不再跟这些朋友走；
朋友走了，把我撇在身后。
这些黄东西掷下时发出呼声，

1　关于这首诗的性质，学者们有较大的争议。或将其作为非宗教性的、世俗
　诗歌的代表；或视其为含有道德意味的教诫诗；或认为这是一首驱邪诗，
　尤其是最后一颂，请求骰子不要诱惑自己，而去往别处。

我立刻去了，像赴密约的女流。（5）

赌徒到赌场，浑身发抖，

自己问自己：会不会赌赢？

骰子违反了他的愿望，

让他的对手交了好运。（6）

骰子真是带钩又带刺，

骗人，烧人，使人如火焚；

像孩子给东西，让人到手又夺回；

骰子像拌上了蜜糖，迷惑嗜赌人。（7）

它们玩弄三次五十一百五，

好像是不可违抗的太阳神，

对猛士的怒火也不肯低头，

连王爷还得向他们致敬。（8）

它们向下落，却轻快地跳起来；

它们没有手，却胜过有手的人；

像神炭一样，却投在骰板上；

它们是冷的，却能烧毁人的心。（9）

赌徒所抛弃的妻子正在忧伤。

他的母亲也悲哀，不知他游荡何方。

他欠了债，心里害怕，盼望有钱财。

夜间他走近了别人家的住房。（10）

赌徒看到了别人的妻子，

看到和好的家庭，不由得不伤心。

清晨他驾上了这些黄马，

到夜里，火熄时，他成为流浪人。（11）

对你们这伟大队伍的将军，
对你们的王爷，群中之首，
我伸出我的十个指头，
说实话，我一文钱也没留。（12）

"别掷骰子了。种你的田吧。
享受你的财富，用心求富饶。
赌徒啊！那儿有你的母牛，你的妻子。"
崇高的太阳神这样向我宣告。（13）

请和我们做朋友，请仁慈相待，
请不要坚持用魔力迷惑我们。
愿你的敌意与怒气复归平静。
愿这些黄东西去折磨别人。（14）

（金克木　译）

10.71 知识[1]

祭主啊，当他们给事物命名，[2]
首次运用语言，这是语言之初。
其中那优胜、纯净的隐秘，
通过爱而得以显现。（1）

当智者们以思想净化、创造语言，
犹如用筛子净化面粉，
于是朋友知晓了友谊，[3]
他们的语言被打上吉祥的标记。（2）

通过祭祀追随语言的脚步，
找到已进入诸仙人的她；
持有她，并广为传扬，
七位赞颂者[4]歌唱她。（3）

1　这首诗也是特里湿图朴体，但句法、意思均较复杂，故而尝试采用自由体来翻译，尽量清楚地传达诗歌的含义。诗歌的主要内容是讲述语言的起源与在祭祀中的运用。

2　这里的"祭主"是语言之主，经常赐予诗人灵感；"他们"即下一颂中的"智者"，是指远古的仙人。

3　这首诗中反复出现 sakhi（朋友）、sakhya（友谊）等词，还有一处出现了 sacivida，注释中解释为"吠陀之友"，有学者将其翻译为"同学"，还有学者认为特指一起学习吠陀。无论如何，此诗中的朋友、友谊等词，从上下文语境来看，确实有很强的团体归属色彩，即奉行同一套语言、祭祀规则的团体。下文还提到团体中有违反规则、误用语言的成员，也有语言能力不足的成员。

4　这里的七位赞颂者可能是指祭祀仪式上的劝请者，念诵颂诗祈请神祇下降，包括主持者、助手等，共有七位。

有人对语言视而不见，

有人对她听而不闻，

她却向有些人展现自身，

如盛装之妻对夫君横陈。（4）

他们说友谊中有人已僵化，

于是不再使他参与竞赛；

他听闻无花无果的语言，

随无价值的虚幻而行。[1]（5）

抛弃同侣密友者，

他不再能分享语言。

有所耳闻皆妄虚，

因他不知善行之路。（6）

同样拥有眼睛与耳朵，

朋友们在思想的敏捷上却不一样。

有些人像水位到肩膀、嘴的池塘，

而有些人看起来似可沐浴之池。（7）

当思想的冲动由心中生起，

当婆罗门同侣们一起祭祀，

他们抛下一些知识不足之人，

杰出的婆罗门则涵泳抉择。（8）

那些既不走近也不走远，

1　这里的竞赛可能是指在颂神诗歌方面的语言才能的竞争。无花无果、无价
值（梵语为 adhenvā，直译为产不出牛奶的）、虚幻可能是指不符合吠陀的
祭祀仪式。下一颂则说明祭祀仪式必须合作才能完成。

既不是婆罗门，也不是榨苏摩者，

他们以罪恶的方式运用语言，

犹如织工徒劳地纺线。（9）

朋友在赛会中脱颖而出、获得荣誉，

所有同伴都为他高兴。

他涤除他们的罪孽，为他们提供食物，

值得仿效。（10）

有人坐着念诵颂诗，使其圆满，

有人按诗律歌唱颂诗，

有婆罗门讲述已有的知识，

有人丈量祭祀的尺度。[1]（11）

（范晶晶　译）

1　这里的"诗律"即 śakvarī，每颂诗由七音步构成，每音步八个音节。这
一颂大约是指祭祀仪式中的四位祭司：劝请者，念诵《梨俱吠陀》中的颂
诗，邀请神祇出席祭祀；咏歌者，随着供奉祭品（尤其是苏摩）而高唱《娑
摩吠陀》颂诗；行祭者，执行全部祭祀仪式，同时低声念诵《夜柔吠陀》
中的祷词和祭祀规则；监督者，监督整个仪式的进行，纠差补错。关于
四位祭司的分工，参见黄宝生，《印度古代文学》，中国社会科学出版社，
2020 年，第 6 页。

10.117 慷慨[1]

天神赐毁灭，非唯饥一途。

饱食餍足后，死亡纷来至。

慷慨大方者，其财不枯竭，

吝啬小气者，无人来亲近。[2]（1）

贫穷受苦人，前来欲求食，

坐拥食物者，冷漠心肠硬，

不念己过去，或曾侍此人，[3]

如此冷酷者，无人来亲近。（2）

羸弱瘦乞丐，来至欲求食，

仁慈行布施，方为慷慨者。

祭祀祈请神，他必获成功，

1　这是一首提倡慷慨布施的诗歌，体现了印度人的达观与生活智慧。虽然歌颂布施，但并未陷入苍白的道德训诫，而是从对日常生活的观察出发，传达诗人的人生经验：各人遭际不相同，正如诗中所说，"同一亲族中，财富各不均"；命运起起伏伏，"因财不停居，犹如车轮转，今日到此家，明日复到彼"；对贫弱者施以援手，既是物伤其类，也为自己日后可能会有的落魄留下后手。诗律为特里湿图朴体。

2　诗人将死亡看作是天神（deva）所为。这句诗里的"死亡"（mṛtyavaḥ）用了复数形式，可见此时人们眼中的死亡还是一次具体的事件，尚未上升到抽象的哲学高度。但同时又使用了拟人化的动词"走近"（upagacchanti），带有人格神的色彩。这颂诗的意思是：饥饿并非导致死亡的唯一途径，即使饫饮甘餍肥，还有其他的死亡形式，如疾病、衰老等，故而不能对食物、财富过于执着悭吝。

3　这两句诗的意思是：前来乞食的贫人，可能是这位硬心肠者过去侍奉的主人，照应了下文的财富如轮转、福气不久居之意。

与敌战斗时，他必得助力。[1]（3）

朋友与伙伴，相携欲求食，

悭吝不施与，此非真朋友。

便应离之去，其处不可居。

另寻陌路者，或遇慷慨人。（4）

势力更强者，应施求助人，

他应有远见，瞻望更长路。

因财不停居，犹如车轮转，

今日到此家，明日复到彼。（5）

愚人获食物，亦属无益事，

恕我真实语，适为彼之害。

既不祭天神，亦不宴友朋，[2]

独自进食者，独获其罪愆。（6）

犁铧犁地时，造作可食物，

其足留痕迹，开垦荒道路。

开言婆罗门，胜过不语者，[3]

乐善好施友，胜过不施者。（7）

一足胜二足，到处自漫游，

---

1 这四句诗是讲布施的果报。此处的翻译参照了沙衍那的注解，也可见祭祀
求神与参与战斗是当时人们生活中的两件头等大事。

2 天神在原文中是 aryaman，即十二位太阳神之一，注解中说这是以部分代
替整体的修辞，实际指所有天神。

3 此处的"开言婆罗门"，除了说明实行教化的婆罗门比沉默的婆罗门更尽
职以外，也可视为一种戏谑般的文字游戏。如同上文中的"恕我真实言"
一样，都是在诗篇当中加入诗人的自我指涉。

二足追三足，终将会遇之。

四足蒙召唤，详细审观察，

前趋来至此，二足等聚处。¹（8）

双手本一样，职务各不同，

同母二奶牛，出奶量不一。

同胞两兄弟，勇力不相同，

同一亲族中，财富各不均。²（9）

（范晶晶　译）

1　这颂诗比较晦涩难解。沙衍那的注释认为：所谓"一足""二足"等，可
　　理解为一份财富、二份财富等；一切都有高下，故而对于财富不应有彼此
　　之分，而应施与客人。多尼格则把这颂诗理解为一首谜语诗，认为"一
　　足"是太阳，并将其余的概念与斯芬克斯的谜语联系起来："二足"是人，
　　"三足"是拄拐杖的老人，"四足"是狗。参见 Wendy Doniger, tr. *The Rig
　　Veda: an anthology*. Penguin, 1981, pp. 68-70.

2　这首诗在这里戛然而止，结束得有些突兀。沙衍那在注释中说：因此，富
　　有者应该布施。

10.129 创世[1]

那时既没有"有"，也没有"无"，

既没有空中，也没有那外面的天，

什么东西转动着（或：覆盖着，包孕着）？

什么地方？在谁的保护下？

是不是有浓厚的深沉的水？（1）

当时没有死，没有不死，

没有夜、昼的标志；

那一个以自己力量无风呼吸，

这以外没有任何其他东西。（2）

起先黑暗由黑暗掩藏，

那全是没有标志的水；

"全生"由空虚掩盖，

那一个以"炽热"的伟力而产生。（3）

起先爱欲出现于其上，

那是心意的第一个"水种"。

智者们在心中以智慧探索，

在"无"中发现了"有"之连系。（4）

他们的准绳伸展了过去，

是在下面呢，还是在上面？

---

1 一般认为，《梨俱吠陀》中有三首关于创世的诗歌，都出现在时代较晚的
第十篇中，分别代表了三种创世说：10.90 说是通过将原人献祭而产生了
世界，10.121 持金胎生万物说，而此处所选的这首诗则更趋向玄思化。

有一些持"水种"者，有一些具伟力者，

自力在下方，动力在上方。（5）

谁真正知道？这里有谁宣告过？

这（世界）从哪里生出来？这创造是从哪里来的？

天神们是在它的创造以后，

那么，谁知道它是从哪里出现的？（6）

这创造是从哪里出现的？

或则是造出来的？或则不是？

它的看管者在最高的天上，

他才能知道？或则他也不知道？（7）

（金克木　译）

《阿达婆吠陀》

　　《阿达婆吠陀》是四部吠陀中成书较晚的一部，收录了大量巫术诗歌，带有浓厚的民间色彩，极富生活气息。共二十篇，七百三十一首诗歌。虽然因其强烈的巫术因素，长期以来一直被正统的婆罗门宗教所排斥，但其中有不少诗歌，语言流畅、意象鲜明、比喻新颖，具有很强的文学性。

4.16 伐楼拿[1]

大神监管众生类，
明察犹如在身侧。
或存侥幸为秘事，
众神尽皆知一切。（1）

谁人立而行？谁人为欺瞒？
谁人藏形迹？谁人鬼祟般？
二人亲近坐，商谈秘密计。
犹如第三者，伐楼拿全知。（2）

大王伐楼拿，大地属于他，
天空广边际，亦皆属于他。
汪洋两座海，伐楼拿之腹，
连同涓滴水，亦其藏身处。（3）

即便有一人，攀升超越天，
大王伐楼拿，亦将不轻放。
他有诸信使，从天降此间，
此辈千眼者，巡查大地上。（4）

1　这首诗比较典型地体现了《阿达婆吠陀》诗歌的混杂性。首先，同一首
诗中，转换了数次诗律。第一颂是八音节/音步×四音步的阿奴湿图朴
（anuṣṭubh）体，第二至六颂是特里湿图朴体，第七颂是十二音节/音
步×四音步的阇格提（jagatī）体，第八颂有争议，第九颂则是迦耶特利
（gāyatrī）的一个变体：十一音节/音步×三音步。从内容上看，第一至
五（甚至包括第六）颂是对伐楼拿神的赞颂，浑厚有力，前辈学者甚至认
为这部分内容可能是由祭司取自其他颂诗的内容，目的是装点下文浅陋粗
鄙的咒语。

天与地之间，乃至天地外，

大王伐楼拿，谛观察一切。

众生眨眼数，他亦能数清，

仿佛如赌徒，观察骰子数。（5）

伐楼拿神呵，你有诸绞索，

七七又三重，松开行惩戒。

所有说谎者，请尽皆消灭，

凡是实语者，请尽皆释放。（6）

伐楼拿神呵，眼观诸世间，

百索施于彼，莫让诈者脱。

请令彼恶徒，坐观腹胀裂，[1]

犹如散容器，被劈四零落。（7）

伐楼拿既悠长而且又宽广，

伐楼拿既在此处又在彼处，

伐楼拿既属神界又处人间。[2]（8）

我用所有这些套索捆缚你，

某甲谁，谁家后代，谁之子，

我已为你准备下了这一切。[3]（9）

（范晶晶　译）

1　由于伐楼拿与水密切相关，传说他施行惩戒的方式之一就是使犯罪者罹患水肿病，这在其他诗歌中也有所体现。

2　这颂诗历来费解。一般认为，这里的"伐楼拿"也可指代他的绞索。

3　最后一颂为了实用目的，特意空出被诅咒者的名字，即"某甲谁，谁家后代，谁之子"，留给祭司根据具体的场合需要填补内容。

6.8 相思咒[1]

像藤萝环抱大树，
把大树抱得紧紧；
要你照样紧抱我，
要你爱我，永不离分。（1）

像老鹰向天上飞起，
两翅膀对大地扑腾；
我照样扑住你的心，
要你爱我，永不离分。（2）

像太阳环着天和地，
迅速绕着走不停；
我也环绕你的心，
要你爱我，永不离分。（3）

（金克木　译）

---

1 《阿达婆吠陀》中有不少诗歌是关于爱情、婚姻的内容，这一首很有代表
性，意象生动，语言纯朴刚健。

6.37 治咳嗽[1]

像心中的愿望，

迅速飞向远方，

咳嗽啊！远远飞去吧，

随着心愿的飞翔。（1）

像磨尖了的箭，

迅速飞向远方，

咳嗽啊！远远飞去吧，

在这广阔的地面上。（2）

像太阳的光芒，

迅速飞向远方，

咳嗽啊！远远飞去吧，

跟着大海的波浪。（3）

（金克木　译）

1　就实用性而言，《阿达婆吠陀》中有很大一部分诗歌是关于治病疗疾的，如这里的治疗咳嗽，还有治疗热病、骨折的，甚至还有止血咒。

史诗时期

（公元前四〇〇年至公元四〇〇年）

随着雅利安人持续地从印度西北往东南推进，他们的活动范围也从印度河流域逐渐扩展到恒河流域。两大史诗《摩诃婆罗多》与《罗摩衍那》描述的就是这一东进过程中的两场大战。

据说《摩诃婆罗多》的主战场——俱卢之野就在今天印度的首都德里附近，位于恒河的上游。俱卢王朝，连同主要的参战方犍陀罗、般遮罗等，还有其他的一些附属小国，基本上都位于印度西北或恒河上游、阎牟那河的平原上。故而可以说，《摩诃婆罗多》所描述的中心区域主要就在这一带，这场大战的目的乃是争夺恒河上游与阎牟那河地区的控制权。学者们研究认为：俱卢大战可能发生在公元前九世纪或公元前八世纪，而史诗的编撰则经历了八千八百颂的《胜利之歌》、二万四千颂的《婆罗多》到十万颂的《摩诃婆罗多》三个发展阶段，持续时间从公元前四〇〇年到公元四〇〇年。在这一漫长的发展过程中，《摩诃婆罗多》在描述大战的故事内核上加了许多婆罗门的教诫乃至往世书的神话，逐渐成为一部无所不包的"百科全书"，正如第十八篇第五章第三十八颂所说："婆罗多族雄牛啊，有关正法、利益、爱欲和解脱，这里有，别处也有，这里没有，别处也没有。"于是被誉为对普通大众实行教化的"第五吠陀"。

到了《罗摩衍那》，史诗故事的发生场景基本上都位于恒河中下游：罗摩的故乡是憍萨罗国的都城阿逾陀，而悉多则是毗提诃国的公主。至于罗摩与罗刹王十首王的战斗，学者们大多认为反映的是雅利安人向南的征战，即他们对南方土著达罗毗荼人的征服，甚至指出罗刹国就是今天的斯里兰卡。也就是说，《罗摩衍那》所描述的战斗其实也是雅利安人向东南推进的历史过程中的一部分。学者们研究认为：《罗摩衍那》的核心故事要晚于《摩诃婆罗多》，但最终定型却比后者要早，编撰时间大约在公元前三四世纪至公元二世纪左右。相较于《摩诃婆罗多》,《罗摩衍那》带上了东部宫廷的色彩，情感更为细腻、语言更为精致，在形式上则创制了"输洛迦"诗体，被称为"最初的诗"。史诗的主人公罗摩被视为道德完人，他是儿子、兄长、丈夫、国王的典范，而悉多、罗什曼那、哈努曼则分别被塑造为妻子、兄弟与臣仆的标杆，在印度社会中被视作仰望模仿的对象。故而《罗摩衍那》在印度乃至整个东南亚地区都影响深远，可谓是实现了诗中的预言："只要在这大地上，青山常在水常流，《罗摩衍那》这传奇，流传人间永不休。"（1.2.35）

《摩诃婆罗多》

　　《摩诃婆罗多》的主体内容是俱卢王朝内部一场争夺王位的大战。一方是以难敌为首的摄政王持国的百子，一方是以坚战为首的先王般度的五子。通过结盟等方式，几乎把当时整个雅利安地区——西北至犍陀罗、东南至孟加拉湾、东北限于喜马拉雅山、南边则限于文底耶山——的国家都卷进来。由于史诗的最终定型经历了近八百年的时间，故而在发展过程中加入了许多支线故事，其内容甚至与主干故事不相干、仅仅服务于教诫目的，即"插话"。这些插话生动有趣，往往能够独立成文。

　　历数十年之功，经多位学者的努力，《摩诃婆罗多》的汉译全本已由黄宝生先生领衔译出。此外，还有别本单行的《摩诃婆罗多插话选》，其中的名篇《薄伽梵歌》更是先后经历了三、四译。由于黄先生的全译本选择以散文的形式来翻译史诗诗体，故而这里节选其中的三个片段，尽可能以接近诗体的形式进行翻译。

　　第一个片段是猛光与黑公主自火中降生。这一幕类似于史诗中常见的"英雄的奇异出生"的情节。猛光与黑公主的父亲是般遮罗国主木柱王，他为了向昔日的同学、今日的仇敌德罗纳复仇，举行了一场盛大的祭祀，求取能够满足自己心愿、杀死德罗纳的子嗣。于是猛光与黑公主便自火中诞生。第二个片段是黑公主会堂受辱，这是俱卢之战的直接导火索。在黑公主的选婿大典上，阿周那技压群雄赢得美人归。但由于母亲贡蒂的误会，黑公主成了般度五子共同的妻子。兄弟五人筚路蓝缕，兴建天帝城，并征服了周围的一些小国。看到这繁荣景象，难敌妒火中烧，阴谋设下赌局，引诱单纯的坚战一再下注，连续输掉了所有的财富、国土，甚至四个弟弟，最后还输掉了自己。这时难敌的舅舅、犍陀罗国王沙恭尼，唆使坚战以黑公主下注，不出所料地这一局也输掉了。于是毫不知情的黑公主被视为难敌的女奴，从后宫被拖拽到赌博的现场，发生了会堂受辱的一幕。正是由于这一事件，坚战的四个弟弟当场立下誓言，必当手刃邪恶的持国之子，埋下了大战的种子。第三个片段是毗湿摩之死。作为俱卢族的族长，持国百子与般度五子共同的叔祖父，他无力阻止这场手足相残的战争。为了完成身为刹帝利的使命、履行自己的正法，只能挂帅上阵。最终他认清命运，任由自己被阿周那万箭穿心，躺在箭床上，忍受箭伤，等待吉祥的时刻再离开尘世。这一幕是史诗中最为感人的场景之一。

猛光与黑公主自火中降生

耶阇如此说完毕，
即将祭品投火里。
火中出现一王子，
如同天神了无异。（1.155.37）

肤色如火身魁伟，
顶戴王冠披良铠，
执弓搭矢佩长剑，
阵阵嘶吼声不息。（1.155.38）

王子登上良马车，
当下便即相驱驰。
般遮罗人心欢喜，
异口同声云妙哉！（1.155.39）

空中传来无形语：
"王子将除国人惧，
使般遮罗美名扬；
为杀德罗纳而生，
驱散国王之忧伤。"[1]（1.155.40）

---

1 德罗纳与木柱王是少时同学，关系密切。当时还是太子的木柱王承诺长大
  后以王国的一半赠与德罗纳。学艺结束，二人分离。木柱王继承王位后，
  生活困窘的德罗纳前来投靠，却受到木柱王羞辱。德罗纳以武力反击，羞
  辱了木柱王。自此二人结下深仇。在俱卢大战中，木柱王死于德罗纳之
  手，德罗纳又命丧木柱王之子猛光的刀剑之下。

此时公主般遮丽，

也从祭坛中升起，

吉祥肢体又美丽，

腰如祭坛可人意[1]。（1.155.41）

眼如莲瓣肤黝黑，

秀发墨青又曲卷；

仿佛女神化人形，

亲自降临于凡间。（1.155.42）

芬芳如同青莲花，

飘香远及于数里；

容颜姿色称绝妙，

大地之上无匹敌。（1.155.43）

这位妙臀女降生，

也有无形声音说：

"黑公主乃女中杰，

将致刹帝利毁灭。（1.155.44）

"妙腰女在合适时，

将成就天神事业；

由于公主的缘故，

刹帝利有大恐怖。"（1.155.45）

般遮罗人听此语，

喧哗如同雄狮群；

胸中满怀喜悦意，

1　祭坛中间细、两边粗，在梵语文学中，美人的纤腰经常被比作祭坛。

大地仿佛难承载。（1.155.46）

求子王后见二人，

走近耶阇开言称：

"请让这双妙儿女，

只会认我作母亲。"（1.155.47）

为了取悦国王心，

耶阇答言正如此。

智慧圆满再生族，

为王子公主命名。（1.155.48）

"这位木柱王之子，

威猛光辉极骁勇，

依法从火中诞生，

因此就叫他猛光。"（1.155.49）

公主被称"黑公主"，

肤色黝黑故得名。

木柱王一双儿女，

就在大祭上降生。（1.155.50）

高尚光辉德罗纳，

将般遮王子猛光，

带到自己宫殿里，

向他传授诸武艺。（1.155.51）

这位大智者思量：

"未来命运无可避。"

为维护自己声誉，

德罗纳这样行事。（1.155.52）

（范晶晶　译）

黑公主会堂受辱

护民子说道：

听罢罗陀子之言，

坚战默然而出神；

国王难敌又对他，

说出这样一番话：（2.63.8）

"怖军周那双生子，

尽皆听你之王命；

回答黑公主之问：

是否认为输掉她？"[1]（2.63.9）

对贡蒂之子说罢，

自以得计喜洋洋；

难敌撩开己衣裳，

1　关于这场赌局，黑公主提出了一个关键性的问题：如果坚战是在输掉自己
之后再以黑公主为赌注，那时他已经成为难敌的奴隶，就不再是黑公主的
主人了，那么他以黑公主下注是无效的。在这个问题上，维杜罗和阿周那
都支持她的观点。所以维杜罗下文说道：难敌赢得黑公主就仿佛是赢得梦
中的财富，因为以她下注的坚战在下注时并不是她的主人。阿周那回答
难敌时也说道：坚战在以四兄弟为赌注时，本人还是自由之身，所以他的
下注是有效的。之后他输掉了自己，就不再是任何人的主人，他再以黑
公主下注就无效了。但这个问题的棘手之处在于女性是否能够自主。也
就是说：坚战在成为奴隶之后，对妻子是否还拥有所有权？丈夫丧失自由
后，妻子是否能脱离丈夫而成为独立的主体？这就是为何号称正法化身
的坚战始终不发一语。而公认精通各种论典的毗湿摩面对诘责也只能无
奈地回答："贤女啊！正法微妙，我不能正确解答你的这个问题。一个没
有钱的人不能拿别人的钱做赌注，但女人们又应当听命于她们的丈夫。"
（2.60.40）参见金克木等译，《摩诃婆罗多》（一），中国社会科学出版社，
2005年，第614页。

含笑注视般遮丽。（2.63.10）

露出自己左大腿，

具足一切美姿仪，

宛若芭蕉似象鼻，

结实如同金刚杵。（2.63.11）

难敌笑对罗陀子，

又似向怖军挑衅；

黑公主痛苦旁观，

他露大腿羞辱她。（2.63.12）

狼腹怖军见此景，

双目发红瞪大眼，

当众向难敌宣战，

声音回荡于会堂：（2.63.13）

"如果不在大战中，

用杵打断这条腿；

那么就让我狼腹，

不去祖先的世界。"（2.63.14）

怖军怒火身中烧，

全身血管涌火星；

如同着火之大树，

树洞之中喷火焰。（2.63.15）

维杜罗说道：

"请看怖军大恐怖，

他如伐楼拿套索[1]；

定是受宿命驱使，

噩运降临婆罗多。（2.63.16）

"持国诸子逾界限，

为女斗赌于会堂。

和平眼见成大难，

俱卢诸子设恶谋。[2]（2.63.17）

"俱卢诸子须知法，

非法将为害会众[3]。

若输自己前押妻，

当时还是妻之主。（2.63.18）

"非其主人所押注，

如梦中所赢财富。

俱卢诸子听其言，

不应背离这正法。"（2.63.19）

难敌说道：

"怖军周那双生子，

我定遵从听其语；

若称坚战非其主，

祭军之女便自由。"[4]（2.63.20）

---

1 伐楼拿手持套索，惩戒世间恶行。参见前文《阿达婆吠陀》中《伐楼拿》
　 诗歌一篇。

2 俱卢诸子是指以难敌为首的持国百子，坚战、怖军、阿周那与双生子一般
　 被称为般度五子。

3 会众：在会堂中的众人。

4 木柱王又名祭军，祭军之女即般度五子之妻、被坚战押作赌注的黑公主。

阿周那说道：

"贡蒂之子坚战王，

押我等时仍称主；

己身被输主何人？

俱卢诸子当知晓。"（2.63.21）

护民子说道：

"那时持国王宫里，

祭火坛边豺狼嗥，

驴群及旁诸猛禽，

发声遥遥相呼应。"（2.63.22）

（范晶晶　译）

毗湿摩之死

毗湿摩摔下战车，
空中诸天及众王，
异口同音齐惊叹，
悲痛发出咄哉声。（6.114.82）

见此伟大的祖父，
骤然摔倒已陨落；
我们所有人的心，
与他一起共沉沦。（6.114.83）

大臂者摔倒地上，
引起巨大的回响，
如倒地因陀罗幢。
他是弓箭手榜样，
浑身被利箭插满，
甚至无法触地面。（6.114.84）

那伟大的弓箭手，
人牛从战车摔下，
躺卧在箭床之上，
神性就降临于他。（6.114.85）

雨云降下了大雨，
大地开始了震动；
倒下的他还看到，
似乎日头也变小。（6.114.86）

婆罗多的子孙啊，[1]
这位勇士转念想：
"我的大限已来到。"
却听空中传天音：（6.114.87）

"伟大的恒河之子，
持论者中杰出者，
人虎，太阳正南行，
为何选这时离世？"[2]（6.114.88）

听完这番话语后，
恒河之子许暂留。
俱卢祖父毗湿摩，
尽管已倒在地上，
却仍维系于生命，
期盼太阳北归日。（6.114.89）

恒河女神雪山女，
知晓儿子的心意，
派遣众天鹅仙人，
来到大战场这里。（6.114.90）

---

1 "婆罗多的子孙啊"是对持国的称呼。持国关心战况，却因眼瞎而无法亲眼目睹，诅咒自己的命运。其生身之父黑岛生仙人，将"天眼"的特异功能赐予他的车夫全胜，使身在王宫的全胜能看到战场的全部场景，一一向持国汇报。于是，整场战事皆由车夫全胜向持国叙述。下文"婆罗多族雄牛啊""大王啊""国王啊""人主啊"都是对持国的称呼。

2 在史诗里，毗湿摩是恒河女神下凡与福身王结合所生之子。在印度文化中，南方代表着死神阎摩的方向，是不吉利的，北方则代表着天神的方向，故而毗湿摩要等待太阳往北行进时才离开尘世。

心湖所居众天鹅[1]，

一同疾飞去探望。

俱卢祖父毗湿摩，

人杰正躺箭床上。（6.114.91）

化形天鹅之牟尼，

落到毗湿摩身旁，

看见祖父毗湿摩，

正躺卧于箭床上。（6.114.92）

见罢伟大恒河子、

婆罗多族杰出者，

又见太阳正南行，

他们右旋施礼敬。（6.114.93）

这些智者相论议，

对此纷纷开言道：

"毗湿摩确实伟大，

却在日南行时死。"（6.114.94）

婆罗多的子孙啊，

众天鹅说完这话，

朝向南方将出发。

智者见此有盘算。（6.114.95）

福身王子答其言：

"若当太阳南行时，

1　心湖（mānasa）是雪山上的一座圣湖，传说源自梵天的心意。这里的众天鹅即下一颂中的牟尼，这些牟尼只是显形为天鹅。

我绝不离此人世。

我已下定这决心。（6.114.96）

"直到太阳北归时，

才回自己的归宿，

即从前所来之处。

这是我的真实语。（6.114.97）

"我将维持这生命，

等待太阳北回归。

因我生命能自主，

可以自己定死期。

故将维持这性命，

待日北归再离世。（6.114.98）

"我那伟大的父亲，

曾经赐予我恩惠：

'可自主选择死期。'[1]

就让这恩惠实现。（6.114.99）

"既可自行定死期，

就将维持这生命。"

如是告知众天鹅，

毗湿摩卧箭床上。（6.114.100）

大光辉的毗湿摩，

---

1 恒河女神回归天界之后，福身王爱上了渔家女贞信。贞信嫁入王室的条件是将来所生之子能够继承王位。为了父亲的幸福，毗湿摩自愿放弃继承权，并进一步立誓终身不娶，绝不会对王位构成任何威胁。福身王极为感动，赐福毗湿摩可以自由选择死期。

俱卢族魁首倒下；

般度族与角胜族，

发出阵阵狮子吼。（6.114.101）

婆罗多族雄牛啊，

婆罗多伟人被杀，

你的众子无适从，

俱卢族茫然骚动。（6.114.102）

难敌为首众国王，

又是叹息又哭泣，

因悲伤而丧知觉，

长时间里呆站立。（6.114.103）

大王啊，他们沉思，

完全无心于战斗，

大腿瘫软动不得，

不再冲向般度族。（6.114.104）

光辉无敌毗湿摩、

福身王子被杀害，

国王啊，巨大噩运，

已经降临俱卢族。（6.114.105）

主帅阵亡之我方，

遍受利箭强攻击；

阿周那左右开弓，

我方战败不知计。（6.114.106）

般度族获得胜利，

以及彼世好归宿。

所有铁臂英雄们，

都吹响了大螺号。

人主啊，苏摩迦人、

般遮罗人都得意。（6.114.107）

千种乐器齐奏鸣，

力大无穷勇怖军，

猛烈脚踩踏大地，

兴高采烈跳舞蹈。（6.114.108）

恒河之子倒下后，

两军当中诸勇士，

尽皆都放下武器，

一齐陷入了沉思。（6.114.109）

一些人哭天抢地，

一些人陷入昏迷，

一些人谴责武力，

一些人向他致礼。（6.114.110）

众仙人与祖先们，

齐颂坚守誓言者，

婆罗多族的先人，

也都一起称颂他。（6.114.111）

智勇双全福身子，

依靠瑜伽大奥义，

默默念诵与祈祷，

期盼那大限来到。（6.114.112）

（范晶晶　译）

《罗摩衍那》

　　《罗摩衍那》的主体内容由两个故事构成。一是罗摩的流放。由于庶母小王后的阴谋，作为十车王长子的罗摩在继位前夕被剥夺王位并流放。妻子悉多与弟弟罗什曼那伴随他进入森林苦修。在净修林中，他继续履行作为刹帝利的职责，保护修行者们的祭祀不受罗刹干扰。二是悉多的被劫与解救。罗刹王设计劫走悉多，罗摩兄弟与猴国结盟，在神猴哈努曼的帮助下，找到并救出囚禁在大海彼岸楞伽岛上的悉多。

　　罗摩的故乡在印度东北部，那里也是佛教的发源地。不仅如此，罗摩故事的流行与佛教的诞生发展在时间上也有一定的重合，故而在佛经中很早就留下了有关罗摩故事的痕迹。通过佛经的媒介，这个故事也流传到了汉地。三国时期康僧会所译《六度集经》第五卷记录了这样一个故事：一位国王将国土让给舅父，偕同王后进入森林苦修，王后遭劫，他便与猴王结盟救出王后。《杂宝藏经》开篇便是十奢王的故事，但只讲述了罗摩的流放，而悉多没有出现。此外，罗摩的故事在各少数民族（如傣族、藏族、蒙古族）中也广为流传，在新疆地区还曾发现了这一故事的于阗语本与吐火罗语本。

作为"最初的诗",《罗摩衍那》已初具"大诗"的一切要素。内容上囊括了政治、战争、爱情与风景，形式上善用各种优美的譬喻，以及押头韵等格律修辞。

《罗摩衍那》的汉译全本由季羡林先生译出。这里节选的两段分别出自第一篇《童年篇》第二章与第四篇《猴国篇》第一章。第一篇第二章讲述了"输洛迦"诗体创作的由来。第四篇第一章是罗摩向罗什曼那描述春天的景色，并抒发对悉多的思念之情。诗歌中的注释均是季先生所加。

输洛迦诗体与《罗摩衍那》的诞生

这位尊者来回走动，

他看到在自己面前，

有一对麻鹬安然地、

静悄悄地愉快交欢。（1.2.9）

他忽然抬眼看到，

一个凶狠的尼沙陀，

把那公麻鹬杀死，

凶狠塞满了心窝。（1.2.10）

那只母麻鹬看到，

公的被杀血满身，

在地上来回翻滚，

她悲鸣凄惨动人。（1.2.11）

这位仙人看到了，

尼沙陀杀死的麻鹬，

他虔诚遵守达磨，

动了怜悯慈悲之意。（1.2.12）

婆罗门出于慈悲之心，

说道："这件事完全非法。"

为了安慰痛哭的母麻鹬，

又说出了下面这一些话：（1.2.13）

"你永远不会，尼沙陀！¹

享盛名获得善果；

一双麻鹬耽乐交欢，

你竟杀死其中一个。"（1.2.14）

他这样说完了以后，

心里面又反复琢磨：

"我为那母麻鹬伤心，

究竟说了一些什么？"（1.2.15）

这个大智者想着想着，

又引起了翻滚的思潮，

他这个牟尼中的魁首，

便对他的徒弟说道：（1.2.16）

"我的话都是诗，音节均等，

可以配上笛子，曼声歌咏，

因为它产生于我的输迦，

就叫它输洛迦²，不叫别名。"（1.2.17）

牟尼说了这无上的语言，

徒弟答应着，心里喜欢；

做师傅的心里也很高兴，

对自己的徒弟喜在心间。（1.2.18）

牟尼在河里沐浴，

1　尼沙陀：梵文 Niṣāda，印度一种非雅利安部落，一般以渔猎抢劫为生。

2　这里是文字游戏，或者是群众语源学。"悲痛"，梵文是 śoka；"偈"，梵文是 śloka，中间只多一个字母 l。

一切都遵照仪式；

然后又走了回来，

心里惦记那件事。（1.2.19）

那婆罗杜婆迦彬彬有礼，

总是依恋着自己的师尊，

他手提装满了水的瓶子，

在自己的师尊后面紧跟。（1.2.20）

深通达磨的牟尼带着徒弟，

向着净修林，走上归程。

坐在那儿，说了其他故事，

他又深深地进入了禅定。（1.2.21）

接着那大梵天亲身来到，

这世界的创造者自存物，[1]

他有四个面孔威力无穷，

他把牟尼的魁首来看顾。（1.2.22）

牟尼蚁垤沉默不语，

看到了他连忙起立，

双手合十满怀虔敬，

站在那里非常惊异。（1.2.23）

他向这位大神虔心致敬，

奉献洗脚水、礼物和座位，

他五体投地，行礼如仪，

1　自存物：梵文 Svayaṃbhū，意思是"自存的，自在的"，不是被创造出来，
　　一般指大梵天。

问候他身体安泰步履康绥。（1.2.24）

然后，这一位师尊，

坐上了尊敬的位子，

他也把一个座位，

指给那大仙蚁垤。（1.2.25）

这一位世界的祖宗，

坐上了自己的位子。

蚁垤仙人心神恍惚，

呆在那儿陷入沉思：（1.2.26）

"野人满腔仇恨心，

竟把恶事来干下，

麻鹬相爱低声叫，

无缘无故把它杀。"（1.2.27）

非常同情这只母麻鹬，

他心情沉重愁绪满怀，

他真难过得支撑不住，

吟出这一首输洛迦来。（1.2.28）

梵天对牟尼魁首说，

他脸上满含笑意：

"你作了一首输洛迦，

不要再迟迟疑疑。（1.2.29）

"婆罗门呀！由于我的意旨，

萨罗私伐底[1]已站在你眼前。

最高的仙人呀！现在就请你

来编写纂述罗摩故事全传。（1.2.30）

"在世界上，罗摩虔诚为怀，

他智慧无穷，道德高尚，

你就把这勇士的故事叙述，

像从那罗陀嘴里听到的那样。（1.2.31）

"聪明的罗摩的奇遇，

不管公开的还是秘密，

有关罗什曼那和罗刹的，

你都要一一加以论叙。（1.2.32）

"有关毗提诃公主[2]的事，

不管公开的还是秘密，

有的你已经有所了解，

有的你可能还不知悉。（1.2.33）

"在你的诗篇里面，

不要有任何不真实。

你就用那输洛迦体，

叙述罗摩美且善的故事。（1.2.34）

"只要在这大地上，

青山常在水常流，

1　萨罗私伐底：梵文 Sarasvatī，《梨俱吠陀》中河名和河川女神名。能除人之
秽，与人以财富及勇敢。逐渐演变而为言语之神，最终成为雄辩智慧之神。

2　毗提诃公主：指悉多，她原是毗提诃国（Videha）的公主。

《罗摩衍那》这传奇，

流传人间永不休。（1.2.35）

"只要那罗摩的故事，

你所叙述的能流传，

你也就能够永生，

在天上，在人间。"（1.2.36）

这样说完了话以后，

世尊梵天无影无踪。

牟尼蚁垤和徒弟们，

站在那里十分吃惊。（1.2.37）

所有的他这些徒弟，

都朗诵这首输洛迦歌，

他们一会儿欢喜无量，

一会儿异常惊讶地说：（1.2.38）

"用等量的音节和四个音步[1]，

大仙人把自己的悲痛抒发，

由于翻来覆去地诉说吟咏，

输迦于是就变成了输洛迦。"（1.2.39）

蚁垤的思想完全净化，

这样就产生了神智。

他心里想："我一定要写

《罗摩衍那》全部的诗。"（1.2.40）

1　请参看《〈罗摩衍那〉初探》。

这位睿智大牟尼，

聪慧无比声名扬。

成百成百输洛迦，

在他笔下放光芒。

写成一部罗摩传，

光辉灿烂照远方。

字义优美音匀称，

沁人心脾世无双。（1.2.41）

（季羡林　译）

罗摩在春季怀念悉多

罗摩来到了这个荷花池塘，
日莲、蓝莲和鱼在里面生长；
他的神志错乱，不停地悲痛，
有罗什曼那在他的身旁。（4.1.1）

看到了荷花池塘以后，
他高兴得五官四肢发抖；
他对罗什曼那开口说话，
爱情折磨得他真是够受：（4.1.2）

"罗什曼那呀！你看哪！
般波池的园林多么漂亮！
那里那些高耸的树木，
看上去跟山岳一模一样。（4.1.3）

"我受着哀痛的煎熬，
愁思又把我来折磨，
为了婆罗多的受难，
为了悉多被劫夺。（4.1.4）

"大树开着各样的花，
花朵像展开的被单，
蓝色、黄色和草绿色，
都发出了亮光闪闪。（4.1.5）

"罗什曼那！这幸福的和风，

这充满了爱情的日子，

这个甜蜜芬芳的月份，

树木都开花结了果实。（4.1.6）

"你看呀！罗什曼那！

那繁花满树的景象；

大树洒出了阵阵花雨，

好像那云彩下雨一样。（4.1.7）

"在美丽的林中平坦处，

林中的树木多种多样；

微风乍起，树木摇动，

把繁花吹落到大地上。（4.1.8）

"和风吹拂，愉快舒畅，

清凉中搀杂着旃檀香；

林子里弥漫蜜的香气，

蜜蜂嗡嗡地在那里飞翔。（4.1.9）

"在那些美丽的山上，

峰顶的石头闪闪发光；

山上生长着极大的树，

繁花满枝动人心肠。（4.1.10）

"你看四周那些

光秃的顶上开满繁花；

好像穿着黄衣服的人，

黄金遮满了浑身上下。（4.1.11）

"罗什曼那！这是春天呀！

各种各样的鸟纵声歌唱。

我却是已经丢掉了悉多,

愁思煎熬,焦忧难忘。(4.1.12)

"我被忧愁所侵袭,

爱情折磨得我难受;

杜鹃对我尽情地挑逗,

它愉快地歌唱不休。(4.1.13)

"在美丽的林中瀑布那里,

一只鹞在愉快地唱歌。

罗什曼那!我春心荡漾,

这只鸟更把我来折磨。(4.1.14)

"各种雌鸟在自己群里,

同着公鸟一起嬉戏。

罗什曼那!狂欢的蜂王

唱出的声音非常甜蜜。(4.1.15)

"我焦思苦虑忧伤难忘,

那眼睛像幼鹿的女郎,

尽情地折磨我,罗什曼那!

像制呾逻月¹ 林中的风一样。(4.1.16)

"在群山的峰顶上,

母孔雀围着公孔雀;

它们触动了我的爱情,

---

1 制呾逻月:梵文 Caitra,玄奘《大唐西域记》卷二译为制呾逻,春三月之
一,相当于中国唐历的正月十六日至二月十五日。

我正受着爱情的折磨。（4.1.17）

"你看呀！罗什曼那！
公孔雀正在山顶跳舞；
求爱的母孔雀也舞蹈着，
围绕着它自己的丈夫。（4.1.18）

"林子里孔雀的老婆，
大概没有被罗刹抢走。
在这开花的季节里，
没有悉多日子真难受。（4.1.19）

"你看呀！罗什曼那！
那些花对我没有用。
在这寒冬已过的春天里，
林子被花朵压得沉重。（4.1.20）

"成群结队的鸟尽情地欢乐，
它们唱出了模糊不清的歌；
它们好像是在互相挑逗，
也让我忍受爱火的折磨。（4.1.21）

"悉多现在落入别人手中，
她也像我这样苦痛；
我的情人说话甜蜜，
黑皮肤，长着荷花眼睛。（4.1.22）

"惠风带着花香、旃檀香，
吹拂到人身上温暖舒畅。
我老是想着我的情人，

风吹着我像是烈火一样。（4.1.23）

"从前鸟声非常凄厉，
告诉我要同她分离；
如今鸟又落到树上，
叫声欢乐惬人心意。（4.1.24）

"这一只鸟儿在这里，
好像要传达悉多的信息；
这一只鸟儿会带我
把那大眼女郎去寻觅。（4.1.25）

"你看呀！罗什曼那！
林中树顶上开满了花；
那一些鸟的鸣叫声
使我的春情春意增加。（4.1.26）

"罗什曼那！你看呀！
成行的树在般波池上，
莲花在水里闪着光辉，
像那初升的娇嫩的太阳。（4.1.27）

"池子里的水清澈见底，
这个般波池清香芬芳；
里面开着荷花和蓝莲，
鸿和迦兰陀鸟[1]在里面游荡。（4.1.28）

1　迦兰陀鸟：梵文 Kāraṇḍava，《翻译名义大集》4912，作"迦兰陀鸟"，鸭子的一种。

"里面经常挤满了鸳鸯，

它处在山顶的丛林间；

成群的大象和小鹿，

为了喝水来到池边。（4.1.29）

"罗什曼那！我的眼睛

看到了那些荷花瓣；

我就认为是看到了

悉多那同它相似的双眼。（4.1.30）

"和风惬人的心意，

乍起在荷花丝里；

又从树丛中吹出，

好像悉多在叹息。（4.1.31）

"罗什曼那！你看哪！

般波池右岸山头上，

迦哩尼伽罗[1] 树上的枝干

开着繁花，美妙无双。（4.1.32）

"这一座众山之王，

点缀着多种矿藏；

它散发出缤纷的尘土，

在风中飘荡飞扬。（4.1.33）

"罗什曼那！群山的高原

好像被金输迦花所炽然；

到处都开满了繁花啊，

---

1 迦哩尼伽罗：梵语 Karṇikāra，义译"王树"。

75

却连一片叶子也看不见。（4.1.34）

"在般波池的岸边上，
长着茉莉花和夹竹桃，
密密麻麻，香气芬芳，
繁花一直开到了树梢。（4.1.35）

"哥多及[1]和信度婆罗[2]，
还有素馨都开满了花；
春花[3]还有白茉莉花，
芬芳的香气到处散发。（4.1.36）

"质哩毗里婆和摩度伽，
梵竺罗和波拘罗，
瞻波伽、底罗伽和那加树，
也都开满了美丽的花朵。（4.1.37）

"尼波和婆罗那，
伽哩鸠罗都开着花；
莺俱罗和拘浪吒；
周哩那伽和波哩跋陀罗迦。（4.1.38）

"芒果和波吒罗耶，
还有拘鞞陀罗都开着花；
莫俎君陀和阿周那，
在山顶上可以看到它。（4.1.39）

1　哥多及：梵文 Ketakī，《翻译名义大集》6175，作"哥多及"。
2　信度婆罗：梵文 Sinduvāra，学名是 Vitex Negundo，一作 Sindhuvāra。
3　春花：梵文 Mādhavī，义为"春花"，学名是 Gaertnera Racemosa。

"吉佗伽和优陀罗伽，

尸哩沙、森舍波和陀婆，

舍摩厘和金输迦，

还有红色的拘罗波伽，

底尼舍和那陀摩罗，

还有旃檀和私衍陀那。[1]（4.1.40）

"罗什曼那！在山峰上，

那各种各样的鲜花：

黄的、红的，铺展开来，

铺成了各种各样的卧榻。（4.1.41）

"罗什曼那！你看哪！

在寒冬结束开花的季度，

树木都开满了繁花，

好像是互相竞赛又忌妒。（4.1.42）

"罗什曼那！你看哪！

池水清凉，长满荷花；

鸳鸯在水里面游戏，

迦兰陀鸟也来参加；

还挤来了钵罗婆[2]和羯兰竭[3]；

野猪和小鹿也安了家。（4.1.43）

"那嘤嘤鸣叫的群鸟，

---

1 从"质哩毗里婆"到"私衍陀那"列举的都是各种树的名字。

2 钵罗婆：梵文 Plava，一种水鸟。

3 羯兰竭：梵文 Krauñca，一种水鸟。

把般波池点缀得美好。（4.1.44）

"各种各样的鸟欢乐发狂，

好像把我的爱火点旺，

让我想起黑皮肤的情人，

那面如满月的荷眼女郎。（4.1.45）

"看哪！在错杂的山峰上，

公鹿和母鹿呆在一起；

我却是被迫同悉多呀，

那位鹿眼女郎分离。"（4.1.46）

罗摩愁得简直掉了魂，

就这样喃喃地说个不息，

他注视着吉祥美妙的般波池，

池子里的水可爱美丽。（4.1.47）

这高贵尊严的人

突然间注视着

那整个一片森林，

还有瀑布和洞穴。

同罗什曼那在一起，

他心里很激动，

愁绪满怀站起身，

左思右想心不定。（4.1.48）

他们这两个人，

走向哩舍牟迦；

这里是那个猴子、

须羯哩婆的家。

看到了他们俩，

猴子心里害了怕；

这两个勇猛的人：

罗摩和罗什曼那。（4.1.49）

（季羡林　译）

巴利语佛典

公元前五、六世纪，佛教诞生于印度。作为反对婆罗门教的沙门思潮中的一种，佛教在最初的传教过程中摒弃吠陀梵语而不用，采纳方言作为交流手段。佛陀在世时，主要活动于恒河中下游一带的摩揭陀国附近。故而一般认为，佛陀本人所使用的传教语言很可能是摩揭陀地区的方言。佛陀灭度之后，佛教分裂为许多部派，其中的上座部于公元前一世纪左右开始将口传的佛经三藏付诸笔录，即巴利语佛典。"巴利语"是一种后起的称谓，在公元七世纪以前，基本上都是指区别于注疏的佛经原典，后来才转而指称经典所使用的语言。关于这种语言的性质，学者们意见不一。有相信巴利语即东部摩揭陀语者，但现在大部分研究者都认为巴利语是一种基于西部方言的文献语言，至少是吸收了西部方言的一些元素。

在现存的各种语言的佛典中，可能要数巴利语佛典最为古老，也最能体现原始佛教的教义与思想。这一时期的教理相对比较浅显易懂，更贴近日常生活，易于奉行。语言虽然质朴无华，但充满生活的智慧，且不时可以看到形象生动的优美譬喻，带有直白活泼的趣味。

《法句经》

　　《法句经》是佛教早期的重要经典，以简明扼要的语言阐释佛教的基本教义与平实的人生哲理。每品都围绕着一个主题展开，如"无常""勤学""多闻"等。这些偈颂语言朴素、譬喻生动、警句迭出、朗朗上口，深受信徒们喜爱，一直流行不衰，被视为基本的佛教入门读物。经中的很多偈颂形成于佛教初次分裂之前甚至是佛陀时代，后由各个部派以不同的语言编集流传，现存的原本有巴利语、犍陀罗语、梵语和混合梵语四个系统。在斯里兰卡和东南亚地区南传佛教的范围内，巴利语《法句经》广为传诵，并经多次英译，可谓是世界上流传最为广泛的佛经之一。

　　在汉语佛经中，《法句经》先后有四个译本，详略有所不同：三国吴时维祇难等译《法句经》，西晋法炬、法立共译《法句譬喻经》，后秦竺法念译《出曜经》，北宋天息灾译《法集要颂经》。其中，维祇难的译本与巴利语本大约同出一源，只是后者有所扩充。

　　就内容与形式而言，《法句经》与后世流行的各种治家格言、家训等似有异曲同工之处。

教学品第二

教学品者，导以所行，
释己愚暗，得见道明。

咄哉何为寐？蜷螺蜂蠹类，
隐弊以不净，迷惑计为身。
焉有被斫创，心如婴疾痛，
遭于众厄难，而反为用眠？
思而不放逸，为仁学仁迹，
从是无有忧，常念自灭意。
正见学务增，是为世间明，
所生福千倍，终不堕恶道。

莫学小道，以信邪见；
莫习放荡，令增欲意。
善修法行，学诵莫犯；
行道无忧，世世常安。
敏学摄身，常慎思言；
是到不死，行灭得安。
非务勿学，是务宜行；
已知可念，则漏得灭。
见法利身，夫到善方；
知利建行，是谓贤明。
起觉义者，学灭以固；
着灭自恣，损而不兴。
是向以强，是学得中；
从是解义，宜忆念行。

学先断母，率君二臣；

废诸营从，是上道人。

学无朋类；不得善友，

宁独守善，不与愚偕。

乐戒学行，奚用伴为？

独善无忧，如空野象。

戒闻俱善，二者孰贤？

方戒称闻，宜谛学行。

学先护戒，开闭必固；

施而无受，仂行勿卧。

若人寿百岁，邪学志不善，

不如生一日，精进受正法。

若人寿百岁，奉火修异术，

不如须臾顷，事戒者福胜。

能行说之可，不能勿空语，

虚伪无诚信，智者所屏弃。

学当先求解，观察别是非，

受谛应诲彼，慧然不复惑。

被发学邪道，草衣内贪浊，

矇矇不识真，如聋听五音。

学能舍三恶，以药消众毒，

健夫度生死，如蛇脱故皮。

学而多闻，持戒不失；

两世见誉，所愿者得。

学而寡闻，持戒不完；

两世受痛，丧其本愿。

大学有二：常亲多闻，

安谛解义，虽困不邪。

稊稗害禾，多欲妨学；

耘除众恶，成收必多。

虑而后言，辞不强梁；

法说义说，言而莫违。

善学无犯，畏法晓忌；

见微知著，诚无后患。

远舍罪福，务成梵行；

终身自摄，是名善学。

（维祇难　译）

忿怒品第二十五

忿怒品者，见瞋恚害，
宽弘慈柔，天佑人爱。

忿怒不见法，忿怒不知道，
能除忿怒者，福喜常随身；
贪淫不见法，愚痴意亦然，
除淫去痴者，其福第一尊。

恚能自制，如止奔车；
是为善御，弃冥入明。
忍辱胜恚，善胜不善；
胜者能施，至诚胜欺。
不欺不怒，意不多求；
如是三事，死则上天。
常自摄身，慈心不杀；
是生天上，到彼无忧。
意常觉寤，明暮勤学；
漏尽意解，可致泥洹。
人相谤毁，自古至今。
既毁多言，又毁讷忍，
亦毁中和，世无不毁。
欲意非圣，不能制中。
一毁一誉，但为利名。
明智所誉，唯称是贤。
慧人守戒，无所讥谤，
如罗汉净，莫而诬谤，

诸天咨嗟，梵释所称。

常守慎身，以护瞋恚；

除身恶行，进修德行。

常守慎言，以护瞋恚；

除口恶言，诵习法言。

常守慎心，以护瞋恚；

除心恶念，思惟念道。

节身慎言，守摄其心。

舍恚行道，忍辱最强；

舍恚离慢，避诸爱贪。

不著名色，无为灭苦。

（维祇难　译）

《长老偈》

顾名思义，《长老偈》即长老们诵出的偈颂选集。根据注释，《长老偈》的主体部分是在第一次佛教结集上，由诸位长老对自身的修行情况进行回顾总结而诵出，目的是为了给他人提供经验借鉴，也有少数内容是在第三次结集时添加的。接下来的数百年间，随着僧团的扩大，偈颂的数量又有所增补变更。大约到公元前一世纪左右，《长老偈》被书写下来，根据偈颂由短至长的顺序来进行编排，属于巴利语三藏《小部》的一种。

五、六世纪时，护法为《长老偈》作注，收录其注释文献《胜义灯》，在疏通字词之外，大量征引巴利语的《譬喻》，交代长老的生平与偈颂诵出的背景。有些偈颂可能有一定的历史真实性，有些只是阐发佛教的一些基本教义，有些虚构的内容则反映了普遍的修行悟道经验。

这些偈颂语言朴素、情感真挚，呈现出与吠陀诗歌截然不同的特点，保留了巴利语早期诗歌的珍贵样本，甚至影响到了后来方言文学的创作。其中有不少偈颂抒发了对自然的赞美与热爱，将《长老偈》译为英语的戴维斯夫人称其能与济慈和雪莱的诗歌相媲美。

序　偈

致敬彼世尊，应供正等觉。

狮子张利牙，吼于山洞中。
请听自修者，述说自通颂。[1]

智者名为何，出身何种姓，
如何依法住，不懈得胜解。

处处行正观，触及不灭域，[2]
省察事终结，宣说此精义。

（范晶晶　译）

1　根据注释，将长老比作狮子，原因在于二者之间的一些共同特征：狮子为
　　百兽之王，能忍受风吹雨打，猎杀林中其他动物，安乐而住；长老也能承
　　受一切险难，制服烦恼，禅悦而住。注释还介绍了另外几种说法：狮子独
　　居，不与其他兽类为伍，长老也独居修行；狮子无所畏惧，长老亦是如
　　此；狮子制服其他野兽，长老以四圣道与神通而与众不同。所谓自修即
　　修止观或修戒律等。自通（attūpanāyikā）即推己及人。另有版本作利益
　　（atthūpanāyikā），即带来利益之义。
2　根据注释，不灭域即涅槃。

第一章　第一品

1.1.1　须菩提长老偈

茅屋安乐无风波，
随尔天降雨狂疏。
我心善定已解脱，
正勤自行任覆雨。

1.1.2　摩诃拘绨迦长老偈

寂静复止息，诵咒不掉举[1]。
摆脱罪恶法，如风扫落叶。

1.1.3　有疑离婆多长老偈

请观如来此智慧，
如火黑夜放光明。
如来驱除来者惑，
成为施眼施光者。

1.1.4　圆满曼多尼子长老偈

应与善人交，智慧又明理。
此理大深奥，微妙难得觅。
智者不放逸，明察得证之。

1　掉举：佛教修行的五种障碍之一，指心躁动不安。

1.1.5 达波长老偈

难调伏者已调伏，
智者知足离疑惑，
成为胜者离于畏，
达波自制得涅槃。[1]

1.1.6 寒林长老偈

比丘入寒林，独处乐禅定，
制胜离怖畏，坚定护身念。

1.1.7 跋哩耶长老偈

摆脱死王军队者，
如瀑流破弊苇堤。[2]
成为胜者离于畏，
调伏自制得涅槃。

1.1.8 毗罗长老偈

难调伏者已调伏，
勇者知足离疑惑，

---

1 这首诗语带双关，长老之名达波（dabba），意译即智者。
2 根据注释，死即五蕴破灭，军队即老、病等。而根据《经集》的说法，军队指爱欲、嗔恨、渴爱等。这句偈颂的变体经常出现在佛典中。如《出曜经》："当灭死众，象出华室。"《根本说一切有部毗奈耶》："降伏生死军，如象摧草舍。"《法集要颂经》："抖擞无常军，如象出莲池。"《天譬喻经》中介绍，这颂诗经常与轮回图一起出现，绘制于庙门墙上。

成为胜者离于畏，
毗罗自制得涅槃。[1]

1.1.9 毕陵多婆蹉长老偈

善来非恶来，我语非恶语。[2]
分别诸法中，我得最胜法。

1.1.10 满月长老偈

明智寂静自制者，
一切诸法不染着。
通晓世界起与灭，
今生来世无期许。

摄颂[3]

须菩提与拘绤迦，
长老有疑离婆多，
圆满曼多罗尼子，
达波寒林跋哩耶，
毗罗毕陵多婆蹉，
又有满月已除冥。

（范晶晶　译）

1　与上文一样，这首诗也语带双关，长老之名毗罗（vīra）意译即勇者。

2　根据注释，毕陵多婆蹉长老的意思是：来到佛陀跟前会有大利益，可以听取佛陀最殊胜的教法。

3　《分别功德论》中说："阿难撰三藏讫，录十经为一偈。所以尔者，为将来诵习者惧其忘误，见名忆本思惟自痡，故以十经为一偈也。"即为摄颂，是对上文内容的小结，辅助记忆之用。

第一章　第二品

1.2.1 小犊长老偈

佛陀教法中，比丘多欢喜。
抵达平静域，安乐诸行寂。

1.2.2 大犊长老偈

具足戒行有慧力，
入定乐禅得正念，
如宜进食诸食物，
此生离欲待大限。

1.2.3 林犊长老偈

色如黑云放光彩，
泉流纯净水清冽，
雨后遍覆胭脂虫，
如此群山适我意。

1.2.4 湿婆迦沙弥偈

师傅对我言："我等离此去。"
我身住村庄，心却赴林间。

病卧亦要去，智者无染着。[1]

1.2.5 罐器长老偈

断五舍五更修五，
超越五着之比丘，
可被称为渡瀑流。[2]

1.2.6 避罗首长老偈

正如牡牛速犁地，
自从获得意乐后，
我之日夜速奔驰。

1.2.7 仆隶长老偈

若是昏睡又暴食，
辗转反侧复贪眠，
犹如肥猪被饲养，
懒汉生生入母胎。[3]

1　根据注释，这一颂的背景是：沙弥因事前往村落，生病滞留，长老前来探视。夜尽凌晨时分，长老告诉沙弥，应该离开村落、前往林间："我等离此去。"于是，沙弥便回答"我身住村庄"云云。

2　根据注释，"断五"是指断除五种下分结，即身见、戒禁取、疑、欲界贪、欲界嗔；"舍五"是指舍弃五种上分结，即色染、无色染、慢、掉举、无明；"修五"是指修习五根，即信、精进、念、定、慧；"五着"是指贪、嗔、痴、慢与邪见；"瀑流"是指欲、有、邪见、无明之瀑流。

3　意为陷入轮回、生死流转不息。

1.2.8 豺父长老偈

佛子比丘处药林，
遍观大地为骷髅，
我念彼将速离染。

1.2.9 族姓长老偈

水工疏导水，制箭者造箭，
木工治木材，善修者自制。

1.2.10 不败长老偈

不惧于死亡，不恋于生命，
正知复正念，我将弃此身。

摄颂

小犊大犊与林犊，
湿婆迦沙弥曲器，
避罗首与仆隶俱，
豺父族姓不败十。

（范晶晶　译）

第三章　第一品

3.1.1 鸯迦尼伽婆罗堕长老偈

林中曾祭火，非理求清净。
不知清净道，修不朽苦行。

请观此善法，以乐获得乐。
已证得三明，已行佛教法。

我昔为梵亲，今真婆罗门，
三明沐浴者，多闻智慧者。[1]

3.1.2 缘长老偈

出家过五日，为学意未达。
我已入精舍，发下心誓愿。

若不拔贪箭，我将不饮食，
不复出精舍，不眠亦不卧。

1　根据注释，鸯迦尼伽婆罗堕长老出身婆罗门，故为梵亲；学习了佛陀的教法后，方为真正的梵亲。在婆罗门教的语境下，三明即三吠陀，沐浴即按仪轨净身，多闻即通晓天启经典，智慧即通晓吠陀。这一偈颂巧妙地将其化用为佛教的含义。三明即佛陀悟道时掌握的三种知识：知晓自己前世的宿命智，预见他人来世的天眼通，从轮回中解脱的漏尽智。沐浴即通过八正道之水洗净烦恼尘碍，多闻是指聆听佛的教法，智慧则是指通晓从轮回中解脱的四圣谛。这一颂叙说的是长老曾按照婆罗门教的修行方法实行火祭，还修过苦行，之后皈依佛教。

请看我精进，如此勇猛行，
已证得三明，已行佛教法。

3.1.3 波古罗长老偈

从前应做事，过后方欲为，
此则失乐处，过后徒懊悔。

所做如实说，不做则不说。
不行而空言，智者能洞察。

正觉者宣说，涅槃真快乐。
无忧无尘垢，安稳无苦痛。

3.1.4 有财长老偈

若想安乐活，希求沙门行，
不应鄙僧物，饮食及衣着。

若想安乐活，希求沙门行，
应像知足蛇，随意居鼠窝。

若想安乐活，希求沙门行，
处处皆知足，修行于一法。[1]

1　根据注释，有财长老出生于王舍城陶工之家，成年后以制陶为生。出家之
　　后，他装饰茅舍，被世尊指责。于是便居于僧伽的房舍，内观增长，证得
　　阿罗汉。此处的一法即不放逸性。

3.1.5 摩登迦子长老偈

太冷或太热，太早或太迟，
学童找借口，误事时机过。

寒冷与暑热，视其如草芥，
履行职责者，终将享安乐。

达薄拘舍草，萱草灯芯草，
以胸拔除之，我将独修习。[1]

3.1.6 驼背庄严长老偈

华氏城沙门，善说又多闻，
其中一长老，庄严立门边。[2]

华氏城沙门，善说又多闻，
其中一长老，御风立门边。[3]

善战又善施，战斗获大捷，

1　这一颂表示修行的坚定决心：即使遍布蒺藜杂草，即使用胸膛将其拔除，仍愿独处修行。

2　根据注释，庄严长老出生于华氏城婆罗门家族。由于天生有点驼背，又被称为驼背庄严。他成年后，世尊已涅槃，于是依阿难长老而出家，证得六神通。之后，僧团第一次在王舍城七叶窟大结集之时，命他去请阿难。得此命令，他施展神通很快向阿难通报了僧团的邀请，又很快经由空中回到七叶窟门前。那时，为了防御摩罗及其魔众，众天神派遣了一位天人站在七叶窟门前。驼背庄严长老为了通报自己的到来，向天人说此偈颂。

3　这是天人听到驼背庄严自报家门之后，向僧团禀报他的到来。用语几乎全部引用了他本人的话，只有最后一词稍作改动，形容其神通迅速。

持续修梵行，如此得安乐。[1]

3.1.7 伐罗纳长老偈

此世任何人，若伤他人者，
此世与彼世，皆堕于衰亡。

拥有慈心者，怜悯于众生，
如此行事人，获得大功德。

应学妙说法，亲近奉沙门，
僻处独修行，心意达清静。

3.1.8 雨季长老偈

亲族皆不信，一人信且智。
具戒住于法，饶益于亲戚。

慈悲申教诫，我劝诸亲族。
彼等持友爱，侍奉众比丘。

身死命终后，得忉利天[2]乐。
诸兄与慈母，喜乐享所欲。

1　僧团听到天人的通报后，允许驼背庄严进入七叶窟，驼背庄严便说此偈
　　颂，以隐喻的方式展示自己已证得阿罗汉果。善战是指制服、舍断此身烦
　　恼，善施是指法施，战斗获捷也是指舍断、粉碎一切有为烦恼。
2　忉利天，又被译为"三十三天"，即以帝释为首的三十三位天神，在汉语
　　的语境中经常转指他们所居的天界。

3.1.9 名生长老偈

肢节色黝黑，瘦骨血脉凸。
饮食知限度，勇者意精进。

居于大林中，蚊虻相咬啮。
如象处剑丛，正念堪忍之。

一人如梵天，二人如天神，
三人成村庄，多人吵翻天。

3.1.10 萨志摩提长老偈[1]

从前信任我，今日不见信，
汝受所当受，我未做恶行。

信任变无常，如此我已见，
或爱或不爱，牟尼何所失？

家家轮流施，牟尼之所食。
我将行乞食，及脚力未失。

（范晶晶 译）

---

1 根据注释，萨志摩提长老出生于摩揭陀国婆罗门家族。出家后常在一户人家教化佛法。家中有一位美丽的姑娘，总是为前来乞食的长老恭敬奉食。有一天，摩罗化为长老之形，抓住了姑娘的手。家人看见这一幕，对长老不再信任，第二天长老再来时态度很冷漠。长老思索缘由，便知是摩罗捣乱，惩罚了摩罗。知晓情由后，家主道歉，长老便说了如下偈颂。

《长老尼偈》

　　与《长老偈》相对，《长老尼偈》是由长老尼诵出的偈颂。内容大多是有关她们出家的因由，以及修行时所遇到的种种情况。大体上说，这部选集可谓是印度文学史上最早由女性发出的声音。其中有些篇目故事性很强，既反映了当时比丘尼的修行生活，在一定程度上也可以窥见女性的普遍境遇。

第十一品　青莲色长老尼偈[1]

既为母与女，又共侍一夫。
我实大震惊，怖畏汗毛竖。

欲望秽不净，腐臭荆棘布。
既是母与女，却又侍一夫。

见诸欲过患，视出离安稳，
出家王舍城，离家而出家。[2]

我知晓宿命，天眼已净化，

1　根据注释，该长老尼出生于舍卫城富户之家。色如青莲，故而得名青莲
　　色，出家后得证阿罗汉果。一天，她省察欲望的过患、卑下与烦恼，念诵
　　关于母女共侍一夫故事的偈颂。

2　注释中交代的故事如下：舍卫城一位商人之妻在丈夫临行时怀孕，被婆婆
　　怀疑并赶出家门。她于是前去寻找丈夫，途中却在废弃的空屋中产子。为
　　了取水，母亲将刚出生的婴儿留在屋里。这时一位没有子嗣的商主路过，
　　以为这是一个弃儿，便将他带走。母亲取水回来，因失去孩子而悲痛号
　　哭，也无心再去寻找丈夫，沿路游荡。一位贼首在路上看到她，一见倾
　　心，娶她为妻。二人有了一个女儿。有一天，她抱着女儿，与丈夫发生争
　　吵，便将女儿扔到床上，伤到了女儿的脑袋。出于对丈夫的恐惧，她离家
　　出走，又在路上彷徨。这时她之前丢失的儿子刚成年，不认识自己的母
　　亲，便娶她为妻。后来，机缘凑巧，他稀里糊涂地又娶了贼首之女。这
　　样，他与自己的母亲、妹妹过着夫妻生活。此后一天，母亲解开女儿的发
　　辫查看虱子，看到她头上的伤疤，盘问后得知是自己的女儿，震惊之余而
　　出家。她省察自己此前的行事，说了"既为母与女"等三颂。青莲色长老
　　尼由于见到爱欲的过患，也念诵了她的偈颂。汉译《五分律》也记载了与
　　此大同小异的莲花色比丘尼的故事，她最后感慨"昔与母共夫，今与女同
　　婿，生死迷乱，乃至于此！不断爱欲，出家学道，如此倒惑，何由得息"，
　　而后出家。

已获他心智，耳界已净化。

我已证神足，我已至漏尽，
已证六神通，已行佛教法。[1]

我以此神足，化现驷马车。
佛陀世间师，我礼敬其足。[2]

"娑罗花满枝，你独立树下。
少女无人伴，将不惧恶徒？"[3]

"恶徒如你般，即使百千聚，
我不动毫发，你独奈我何？

"我隐身消失，抑或入你腹，
立于你眉间，你将不见我。

"我已调御心，善修诸神足，
已证六神通，已行佛教法。

"欲如矛与箭，蕴[4]为断头台。

---

1 青莲色长老尼省察自己所证得的殊胜境界，安乐而唱这两颂。神足即欲神
   足、勤神足、心神足、观神足。漏尽即烦恼灭尽。六神通即天眼通、天耳
   通、他心通、宿命通、神足通、漏尽通。
2 世尊将在树下示现水火双神变，青莲色长老尼化现一辆四马所拉之车，乘
   坐马车来到世尊跟前，请求世尊允许自己也示现神变，以摧伏外道的傲
   慢，于是唱诵这一颂。
3 注释中说，有一天长老尼在鲜花盛开的娑罗树林中避暑，摩罗看到后走上
   前来，以这一颂恫吓引诱她放弃独居生活。但长老尼以自己的神通将他吓
   退，唱诵了以下五颂。
4 蕴：即"积聚"之意，五蕴即色蕴、受蕴、想蕴、行蕴与识蕴。

你所谓欲乐，我不见其乐。

"所有喜已灭，冥蕴已破尽。
恶魔你当知，死神已战败。"

（范晶晶　译）

第十四品　耆婆芒果园之须婆长老尼偈[1]

耆婆美丽芒果园，

妙尼须婆行其间。

登徒浪子相阻拦，

须婆对其说开言：

"于君犯下何过错，

以致见遭君拦阻？

仁友俗士实不该，

接触修行出家女。

"吾师教法极威严，

善逝[2]训诲诸尼众。

我行清净无瑕疵，

何故见遭君拦阻？

1　根据注释，该长老尼出生于王舍城婆罗门大富之家，因其美貌而得名须婆
　　（意为明净、美丽）。出家后的一天，须婆在耆婆的芒果林中避暑，被一
　　位轻薄少年看到。少年对她一见倾心，拦住她的去路。须婆对少年讲述了
　　美色的虚妄、自己求法的决心等，但少年不为所动，纠缠不休。见他痴迷
　　于自己的眼睛，须婆便自剜一目，布施给他。这位少年大为惊恐，爱意全
　　无，向她道歉后离去。须婆去往世尊身边，一见世尊，她的眼睛便恢复如
　　常。证得阿罗汉果后，她省察道法，讲述了自己与登徒少年的对话。这个
　　故事在汉译题道略集《杂譬喻经》中也有记录："昔有一贵女人，面首端正，
　　仪容挺特。出家修学，得应真道。于城外林树间独行。道逢一人，见此比
　　丘尼颜貌端正，意甚爱着，当前立而要之，口宣誓言：'若不从我，不听
　　汝去。'比丘尼便为说恶露不净之法，头眼手足有何可贪？彼士夫便语比
　　丘尼言：'我爱汝眼好。'时彼比丘尼右手挑其一眼，示彼男子，血流于面。
　　彼男子见之，欲意便息。比丘尼手捉一眼，还到佛所，以复眼本处，向佛
　　具说。因是结戒，从是以来，不听比丘尼城外住及聚落外独行也。"
2　"善逝"是佛的称号之一。

106

"汝心不正贪恋色。
我已离欲获纯净，
无瑕遍得意解脱，
何故见遭君拦阻？"

"女郎年轻又貌美，
出家于你何所益？
除却抛弃袈裟衣，
来此花苑共嬉戏。

"林木点染花粉香，
处处吹动风如蜜。
值此初春好时节，
来此花苑共嬉戏。

"树梢繁花满枝丫，
风吹动处如雷鸣。
女郎独自往林间，
如此何来喜乐情？

"林中遍居野兽群，
野象醉象易狂怒。
女郎无伴欲独行，
空旷大林实可怖。

"犹如人偶黄金铸，
又如天女林间游。
柔美丝衣若严饰，
光彩照人无匹俦。

"若肯相伴行林间，
我将敬从女郎愿。
美目如同紧那女[1]，
众生之中最堪怜。

"若肯遵行我谏言，
前来欢喜居家园，
安乐广厦随汝住，
仆妇环绕任差遣。

"身着柔美丝绸衣，
花环脂粉为装扮，
黄金宝石与珍珠，
各种首饰我置办。

"华帐光洁净无尘，
毛织荫褥皆全新，
请登贵重坐卧席，
旃檀为饰香四溢。

"犹如青莲刚出水，
却无人来相过问，
如你这般修梵行，
衰老将徒侵己身。"

---

1 紧那罗是一种半神，紧那罗女美丽动人、擅长歌舞。

"此身盛秽冢间物，[1]
君尊何事为精妙？
见此必归坏灭身，
君却惑乱求相亲。"

"双目如同小鹿眼，
又似山间紧那女。
一见女郎美妙目，
我之爱欲更增进。

"面庞光洁如黄金，
美目如同青莲瓣。
一见女郎美妙目，
我之爱欲更增进。

"长睫美目妙女郎，
纵使远行长相忆。
美目如同紧那女，
可爱无物堪比拟。"

1　这是佛教的身体观，认为体内充满了各种臭秽不净之物，如佛经中常见
　的"画瓶"之喻。《增壹阿含经》卷三十二《力品》第九个故事极为类
　似，只是主人公换成了善目辟支佛与求欢的长者女。辟支佛询问长者女
　为何看上他，"长者女报曰：'我今正着眼色，又复口中作优钵华香，身作
　栴檀香。'是时，辟支佛舒左手，以右手挑眼着掌中，而告之曰：'所爱眼
　者，此之谓也。大妹！今日为着何处？犹如痈疮，无一可贪，然此眼中，
　亦漏不净。大妹当知，眼如浮泡，亦不牢固，幻伪非真，诳惑世人。眼、
　耳、鼻、口、身、意皆不牢固，欺诈不真。口是唾器，出不净之物，纯含
　白骨。身为苦器，为磨灭之法，恒盛臭处，诸虫所扰。亦如画瓶，内盛不
　净。大妹！今日为着何处？是故，大妹！当专其心，思惟此法幻伪不真。
　如妹思惟眼、色无常，所有着欲之想自消灭。耳、鼻、口、身、意皆悉无
　常。思惟此已，所有欲意自当消除。思惟六入，便无欲想。'"后来长者女
　了悟得道，转生于梵天界。冢间物是指身体终归死亡。

"你欲追求佛陀女，
乃是行于不正道，
欲求月亮为玩具，
妄图跨过弥卢山。

"连同天界与此界，
我于万物皆无欲，
以道断除诸欲根，
甚至不知欲何物。

"犹如毒罐投火中，
遭火烧尽无残余，
以道断除诸欲根，
甚至不见欲何物。

"你不辨我五蕴身，
或未亲近导师法。
我已获得如实知，
你却欲求相伤害。

"不论指责或恭敬，
我于苦乐皆正念。
知晓有为都不净，
一切事物不着染。

"我为如来声闻女，

八支道[1]上修道行。

欲望诸箭已拔除，

欢喜居住于空屋。

"组合玩偶我曾见，

或木积聚为人形，

绳索棍棒系缚成，

彼此相联舞翩跹。

"一旦绳棒被抽出，

部件被弃四零落，

碎成散片无处寻，

心意何处可安居？

"我之肢体亦如是，

离开部分难运转。

离开部分不运转，

心意何处可安置？

"犹如观看墙上画，

雄黄所涂而绘成。

你却于彼颠倒想，

无端认其为真人。

"犹如幻象被显现，

如同梦中金色树，

你则盲目求虚妄，

---

1 八支道是佛教的基本修行方式，即四谛"苦集灭道"中通向苦灭的"道"，
内容包括正见、正思惟、正语、正业、正命、正精进、正念、正定。

如同众中求化人。

"含泪水泡在中间，
仿佛小球置空洞，
眼屎正在此处生，
种种部分合成目。"

妙色女已剜出眼，
无执念者不贪着。
即时布施登徒子：
"汝可拿走所求目。"

登徒浪子即离欲，
就此谢罪于须婆：
"愿梵行女得安稳，
不再遭遇这般事。

"冒犯如此离欲女，
犹如拥抱炽燃火，
仿佛抓取剧毒蛇，
愿你安稳宽恕我。"

获得自由比丘尼，
走至最上佛陀边，
见彼美妙功德相，
伤目即刻复如前。

（范晶晶　译）

112

《长老尼譬喻》

譬喻是佛教文献的一个类别，宗旨在于阐明轮回业报。巴利语佛典中也有作为故事集的《譬喻》（*Apadāna*），形式为偈颂体，主要是释迦牟尼佛、辟支佛与一些杰出长老、长老尼讲述自己前世修行与今生悟道的传记作品。根据故事主人公的不同身份，全本可分为四大部分：释迦牟尼的譬喻故事、辟支佛的譬喻故事、长老的譬喻故事与长老尼的譬喻故事。其中，第一部分包括释迦牟尼与辟支佛的譬喻故事，数量是十二个。长老的譬喻故事有五百四十七个，分布在五十余章中。长老尼的譬喻故事则有四十个，分布在四章之中。每一章分为若干故事，每一个故事中又包含有若干偈颂。

在长老尼譬喻的部分，耶输陀罗长老尼譬喻位列第二十八。她身份特殊，是释迦牟尼的俗家妻子，其譬喻故事非常动人。当生命走向尽头，年迈的她突然发现俗家时的公婆净饭王、乔达弥以及一些熟知的长老、长老尼已入涅槃，于是决心趁世尊还住世时也进入涅槃。在最后的时刻，她向世尊悔过，展示神变，并回忆自己所经历的轮回。每一世，她都作为释迦牟尼的贤妻，支持他的求道之路。在关键的燃灯佛

那一世，她也得到授记：与丈夫同心、同业、同行，
最终悟道。在古代，女性只能依附男性求生存；修道
之路上，她们与丈夫享受同样的业果。

耶输陀罗尼长老尼譬喻第二十八

富丽王舍城，一幽静山洞，
人众之导师，一时居此处。

就在此城中，耶输陀罗尼，
居清净尼坊，如是作寻思：

"净饭大国王、姨母乔达弥、
知名大长老、神足长老尼，

"尽皆入寂灭，无漏如灯焰。
趁导师住世，我亦赴善域。"[1]

考虑欲离世，她又观寿命：
就在这一日，寿限正将至。

即摄衣持钵，出自己尼房，
十万之尼众，奉其为上首。

她具大神足，亦有大智慧，
前礼三邈佛；导师足轮处[2]，
退坐于一旁，说出此番语：

"我年七十八，寿命将终尽。

---

1 "无漏"即没有烦恼。"善域"即涅槃。
2 "三邈佛""导师"都是释迦牟尼佛的称号，其足底有轮相，耶输陀罗坐于其足边。

来此山洞中，禀报大牟尼。

"我寿命将尽，余生只须臾。
将舍您而行，为己作归依。

"在此寿终时，死亡已临近。
大雄啊今晚[1]，我将至涅槃。

"伟大牟尼啊，无生老病死，
我将赴无为、无老死之城。

"此大会之众，来侍奉导师，
知晓若有过，当面得宽恕。

"轮回中浮沉，若我触犯你，
我今告悔过，大雄宽恕我！"

听罢她的话，牟尼主开言：
"你将赴涅槃，我复说何语？

"行我教法者[2]，便请现神足！
会众诸疑虑，尽皆斩断之！"

听罢牟尼语，耶输陀罗尼，
礼敬牟尼王，开言作答道：

"我是耶输陀，在家为你妻。

1　"大雄"是对佛的称呼。
2　"行我教法者"即对耶输陀罗的称呼。

出身释迦族，生为女人身。

"在你俗家中，九十六万女，
我为其上首，家中女主人。

"容色德行俱，软语正青春，
众女敬重我，如人敬天神。

"释迦子后宫，十万女之首。
众女同苦乐，如欢喜园天[1]。

"我已超欲界，安立于色界。
唯除世间师，容色无匹敌。"

礼毕三遍佛，向师现神足：
具各种形相，诸多大神足。

身如轮围界，头为北俱卢，
双胁两大洲，躯干为阎浮。

尾翎为南海，羽毛为支流，
双眼为日月，冠羽为弥卢。

喙为轮围山，前礼世间师，
带根阎浮树，以之扇清风。

又化身象马、高山与大海、
日月与弥卢，以及帝释天。

---

1 "欢喜园天"即帝释欢喜园中的众天女。

"我是耶输陀，敬大雄双足。"[1]
以千世界莲，覆于其足上。

幻为梵天形，宣说法空性。
"我是耶输陀，敬大雄双足。

"我已得神足，拥有天耳界，
已得他心智，伟大牟尼啊。

"我知晓宿命，天眼已净化，
一切漏已尽，今不再转生。

"义理与正法、词源与辩才，
皆已从你处，习得其知识。

"你言曾值遇，从前诸导师。
为你之缘故，我屡勤侍奉。

"我圆满善业，牟尼请忆念。
为你之缘故，我积累功德。

"摒弃无理行，避免不端行，
为你之缘故，我舍弃生命。

"数千亿生中，我嫁你为妻，
为你之缘故，对此无犹疑。

1　"大雄"为呼格，佛的称号。另有呼格"有眼者啊"，由于字数限制而省译。
下一颂的后半颂亦是如此。以下省译呼格的地方不再一一赘述。

"数千亿生中，我一心侍奉，
为你之缘故，对此无犹疑。

"数千亿生中，我辛勤奉食，
为你之缘故，对此无犹疑。

"数千亿生中，我施舍生命。
今将离恐惧，布施我生命。

"身上诸装饰，各色诸衣物，
为你之缘故，不藏女性美。

"施舍诸钱粮、村镇与田地，
以及儿与女，伟大牟尼啊。

"还有象马牛，奴婢与仆从，
为你之缘故，无数尽舍弃。

"凡你有所求，我尽施乞者。
即便最胜物，施舍无犹疑。

"诸多轮回中，为你之缘故，
历经种种苦，无量难计数。

"为你之缘故，欢乐时随喜，
受苦不灰心，处处皆平和。

"遵循此道路，佛追寻正法。
历经苦乐后，牟尼得菩提。

　　"你或为梵天、导师乔达摩，
　　你我屡值遇，其他世间师。

　　"为你之缘故，我屡勤侍奉，
　　你寻求佛法，我是你侍女。

　　"四阿僧祇[1]劫，又十万劫后，
　　燃灯世间师，大雄兴于世。[2]

　　"边境地域上，盛情邀如来，
　　人们心欢喜，为其清来路。

　　"彼时名善慧，他是婆罗门，
　　一切见者来，他为平道路。[3]

　　"彼时我为女，出自婆罗门，
　　名字为善友，前往大集会。

　　"为礼敬导师，手持八青莲，
　　在人群中央，我见杰出仙。

　　"一向怀慈悲，形貌动人心，
　　见他那一刻，觉此生圆满。

　　"仙人之黾勉，此时得圆满。

1　"阿僧祇"：asaṃkhya 的音译，意译为"无数"。
2　这里的"大雄"是指燃灯佛。
3　接下来讲述的是耶输陀罗与释迦牟尼的授记，"一切见者"是佛的别号，
　　这里指燃灯佛。

我亦因宿业，心净信于佛。

"于高尚仙人，我心更净信：
'无他物可施，我献花于你。

'五朵献给你，大仙我留三，
为你得觉悟，愿以此成全。'"

仙人受鲜花，为得觉悟故，
当众礼来人、有大名望者。[1]

燃灯大牟尼，众中看见他。
为此高尚仙，大雄予授记。

燃灯大牟尼，亦为我授记，
此后无量劫，我之正直业：

"她将会与你，同心同业行，
为你之缘故，因业为夫妻。

"美丽可人意，软语悦人心，
将证得神足，为法继承人。

"犹如勤守护，主人之箱笼；
她亦将如此，勤护诸善法。

"对你怀感情，将圆满六度，
如狮破牢笼，她将得觉悟。"

---

1 "来人""有大名望者"都是指燃灯佛，下一颂"大雄"亦指燃灯佛。

此后无量劫，佛所授记语，
我随喜顶戴，遵照而奉行。

行此善业时，于此净自心。
阿僧祇劫中，轮回于天人[1]。

天上与人间，我历经苦乐，
至此最后世，生于释迦族。

美貌享富贵，贞净名远扬，
一切皆圆满，族中受敬仰。

利养与名望，此诸世间法，
我毫不萦心，亦复无所惧。

彼时在王宫，世尊曾言此，
于刹帝利城，指明我侍奉：

"彼为侍奉女，历经苦乐女，
说实语之女，满怀同情女。"

五百亿诸佛，九百亿诸佛，
此诸天中天，我曾大布施。
我曾勤侍奉，法王听我说[2]。

1　"天人"即下一颂的天上、人间，意为在轮回中转生为诸天、人类。

2　"天中天"指诸佛。以下八颂皆有此叠句："此诸天中天，我曾大布施。我
　曾勤侍奉，法王听我说"，以省略号代替。

一千一百亿，一千二百亿，
……

两千亿诸佛，三千亿诸佛，
……

四千亿诸佛，五千亿诸佛，
……

六千亿诸佛，七千亿诸佛，
……

八千亿诸佛，九千亿诸佛，
……

十万亿之多，最上世间师，
……

九千亿之多，其他世间师，
……

八百五十万，大仙以亿计[1]，
八千五百亿，诸位大仙人，
三十又七亿，诸位大仙人，
……

八亿数之多，离欲辟支佛，
我曾勤侍奉，法王听我说。

1　即八百五十万亿，"大仙"亦是佛的别号。

无数佛弟子，漏尽已离垢，
我曾勤侍奉，法王听我说。

如是善修法，永远行正法，
履行正法者，现世来世乐。

我修善修法，不行邪恶行。
履行正法者，现世来世乐。

厌离于轮回，我离家出家。
舍离一切后，与千尼众俱。

舍弃俗家后，我离家出家。
不到半月间，我证得四谛。

法衣与乞食，资具卧坐处，
众人献将来，如波浪赴海。

我烦恼灭尽，轮回已根除，
如象脱束缚，我已证无漏。

我来实为善，来至佛身边；
已证得三明，已行佛教法。

已得四无碍，已得八解脱，
已证六神通，已行佛教法。

历经种种苦，以及种种乐，
我已得清净，得一切成就。

为大仙功德，施舍己身女[1]，
得以常随侍，证无为涅槃。

过去与现在、未来皆灭尽，
一切业已尽，我敬大雄足。

如是，耶输陀罗比丘尼在世尊面前诵说诸偈。

（范晶晶　译）

1　此处"大仙"指释迦牟尼，"施舍己身女"是耶输陀罗自指。

《长部》

　　在巴利语佛典的经藏中，《长部》居开篇之首，分为三品，共收录三十四篇长短各异的独立经文。其中大部分经文在后秦佛陀耶舍、竺佛念所译《长阿含经》中都能找到对应篇目，一些经文别本单行，甚至还有前后多个译本。

　　《帝释所问经》是其中的一篇。帝释带领诸天神，欲向佛陀问法，但此时佛陀正处于禅定之中。于是帝释命天上的乐工——乾闼婆子般遮斯喀去以乐舞取悦世尊。般遮斯喀便一边弹奏箜篌，一边歌唱如下偈颂。正如段晴先生所言："留在这部经文中的巴利语偈颂，保留了印度古代民间浓郁的情歌之味，唱美女，唱爱欲，却把佛教的语汇、追求穿插其中，虽然生硬，却恰好反射了佛教和印度神话融合的痕迹。"[1]

---

[1] 段晴等译，《长部》，中西书局，2012年，序言第20页。

《帝释所问经》之乾闼婆歌

"淑媛又字日光辉，
我礼汝父底婆卢。
缘有此因汝得生，
身肢善好令我喜。

"如汗浃背遇风爽，
如饥渴者想甘露。
我爱汝身美灿烂，
好似罗汉求正法。

"犹如病者思良药，
又似饥者思美食。
淑媛汝是清凉水，
令此火焰得熄灭。

"我犹大象酷热扰，
欲投莲花清凉池，
丝丝花粉尽飘摇，
我欲投汝双乳间。

"醉象不觉被钩斫，
我亦受得矛枪刺。
魂迷美相之双乳，
不能辨别因缘事。

"我心已被汝束缚，

心已变化舍本性，
挣脱舍弃我不能，
犹如鱼儿吞钓钩。

"美臀淑媛拥抱我！
美目女郎身姣好，
拥抱我吧抱住我，
此为我所极喜爱。

"弯卷乌黑秀发女，
我本欲望甚微薄，
如今数倍而增长，
如供施于阿罗汉。

"倘若我于阿罗汉，
造下一切之福德，
愿以此得果报熟，
获汝美肢娇娘伴。

"若我于此大地轮，
造得些许之福德，
愿以此得善果报，
获汝美肢娇娘伴。

"释迦子以禅定功，
心一境性而黠慧，
牟尼寻求涅槃界，
我只欲求日光辉。

"譬如最上正等觉，

牟尼若得欣悦喜。
如是身肢善好女，
与汝结合我欢喜。

"三十三天帝王释，
赐我恩惠与我礼。
我愿迎娶此淑媛，
此是我愿甚坚固。

"聪明女！
汝父即是娑罗树，
初始绽放娇艳花。
我当施礼来致敬，
为他有女花娇艳。"

（段晴、朱竞旻　译）

古典梵语时期

（公元元年至公元一一〇〇年）

所谓"古典梵语"，乃是针对"吠陀梵语""史诗梵语"而言。公元前五世纪左右，语法学家波你尼（Pāṇini）基于对吠陀梵语的研究，同时参考自己所处时代、地域的语言现象，对梵语语法进行了总结和规范。在他之后，又有迦游延那、波颠阇利进一步阐释细化。经此规范后的梵语被称为"古典梵语"。遵循这一古典梵语语法所创作出的作品，统称为古典梵语文献，叙事诗、抒情诗、戏剧、小说等纯文学形式是其中的代表。

古典梵语文学创作名家辈出、佳作迭现。就诗歌而言，前期的代表性作家是马鸣。他是一位佛教徒，主要作品有《佛所行赞》与《美难陀传》。这两部大诗上承史诗传统，下启迦梨陀娑的叙事诗创作。迦梨陀娑是中期的主要作家，其作品代表了古典梵语文学创作的高峰。一般认为，他的主要诗歌作品有：叙事诗《鸠摩罗出世》与《罗怙世系》，抒情诗《六季杂咏》与《云使》。迦梨陀娑之后，还有跋胝、婆罗维、摩伽与吉喜等四位创作叙事诗的大家，这四位的作品，尤其是摩伽的《童护伏诛记》，在当时影响很大，但总体成就都不如迦梨陀娑，因其工巧雕琢过之，而简洁流畅不如。胜天的《牧童歌》则被认为是古典梵语文学的绝唱。在他之后，几乎再无优秀的梵语文学作品问世。

除了作家个体的创作之外，还有一些诗歌选集，也集中反映了古典梵语抒情诗的样貌，如《三百咏》《妙语宝库》《阿摩卢百咏》等。

马 鸣

　　研究认为，马鸣大约生活于公元一世纪左右，可能是阿逾陀城人。他原本信奉婆罗门教，后来才皈依佛教，是当时最有名望的佛教撰述者之一。关于他的生平事迹，在鸠摩罗什所译《马鸣菩萨传》、玄奘《大唐西域记》与义净《南海寄归内法传》中都有所交代。

　　《佛所行赞》作为一部佛传，故事内容取材于一些传统的经典，强调佛陀道德伦理、精神性的一面，而非神迹。在创作上，马鸣融入了"大诗"的一些艺术元素，如对法王治国（政治）、园林场景（风景）、妇女色诱（爱情）、破魔成道（战斗）的描述，并娴熟地运用各种修辞方法。《南海寄归内法传》中介绍《佛所行赞》："一代佛传并辑为诗，五天南海无不讽诵，意明字少而摄意能多，复令读者心悦忘倦，又复纂持圣教能生福利。"[1] 可见这部作品在当时是非常流行的。汉译本据传由北凉时期的昙无谶

1　义净著，王邦维校注，《南海寄归内法传校注》，中华书局，1995年，第 184 至 186 页。

译出[1]，对后世文学影响很大。梁启超认为《孔雀东南飞》等长篇叙事诗受其启发，饶宗颐撰文指出韩愈《南山诗》的句式脱胎于此经。经文的大致内容如下：释迦牟尼出生于迦毗罗卫城的净饭王宫，相师预言作为太子的他将弃世求道。为了让太子居家继承王位，父亲净饭王努力为他提供种种享乐，将他与人世的种种苦难隔离开来。《厌患品》交代的是太子因出城看到生、老、病、死等人生苦境而厌世出家。之后他经历种种修行，最终得道，并教化众生。

《美难陀传》叙述的是佛陀族弟难陀的出家因缘。释迦牟尼出家后，释迦族的许多亲族成员也跟着出家，但年轻英俊的难陀贪恋妻子的美色，难断尘缘。为了引导难陀出家修道，释迦牟尼设计出了种种方便手段，包括强迫他住在僧团、领他参观天国、教导禅修等，最后难陀终于悟道。这个故事的题材在当时非常流行，不仅散见于各种经文的叙述，甚至在许多浮雕艺术中也有所表现，目前已识别出的有三十余件。一般认为，这部作品在艺术风格上比《佛所行赞》更为成熟，故而推测其创作年代也较晚。但它却不如《佛所行赞》受欢迎，在历史的长河中曾湮没无闻，直到二十世纪在尼泊尔才有写本被发现，经学者整理后出版，因而在古代并无汉译。第十章的内容是佛陀将难陀带到天国游览，仙境中有珍稀禽兽、奇异花木，还有绝色天女。佛陀以雌猴、孙陀利和天女相比较，借天女激发难陀爱欲，引他修行。后来在阿难的教诲下，难陀幡然醒悟，决意修习正法，此后按照佛陀教导，踏实修行，最终证得阿罗汉。

1　周一良认为《佛所行赞》的本名当为《佛本行诗》，译者也不是昙无谶，当为失译作品。参见其《汉译马鸣佛所行赞的名称和译者》一文，收录《魏晋南北朝史论集》，中华书局，1963年，第339至344页。

《佛所行赞》厌患品第三

众宝轩饰车，结驷骏平流，
贤良善术艺，年少美姿容。

妙净鲜花服，同车为执御，
街巷散众华，宝缦蔽路傍。

垣树列道侧，宝器以庄严，
缯盖诸幢幡，缤纷随风扬。

观者挟长路，侧身目连光。
瞪瞩而不瞬，如并青莲花。

臣民悉扈从，如星随宿王。
异口同声叹，称庆世希有。

贵贱及贫富，长幼及中年，
悉皆恭敬礼，唯愿令吉祥。

郭邑及田里，闻太子当出，
尊卑不待辞，寤寐不相告。

六畜不遑收，钱财不及敛，
门户不容闭，奔驰走路傍。

楼阁堤塘树，窗牖衢巷间，
侧身竞容目，瞪瞩观无厌。

135

高观谓投地，步者谓乘虚，
意专不自觉，形神若双飞。

虔虔恭形观，不生放逸心。
圆体佣支节，色若莲花敷。
今出处园林，愿成圣法仙。

太子见修涂，庄严从人众，
服乘鲜光泽，欣然心欢悦。

国人瞻太子，严仪胜羽从，
亦如诸天众，见天太子生。

时净居天王，忽然在道侧，
变形衰老相，劝生厌离心。

太子见老人，惊怪问御者：
此是何等人，头白而背偻，
目冥身战摇，任杖而羸步？
为是身卒变，为受性自尔？

御者心踌躇，不敢以实答。
净居加神力，令其表真言：

色变气虚微，多忧少欢乐，
喜忘诸根羸，是名衰老相。

此本为婴儿，长养于母乳，
及童子嬉游，端正恣五欲，

年逝形枯朽，今为老所坏。

太子长叹息，而问御者言：
但彼独衰老，吾等亦当然？

御者又答言：尊亦有此分。
时移形自变，必至无所疑。
少壮无不老，举世知而求。

菩萨久修习，清净智慧业，
广殖诸德本，愿果华于今。

闻说衰老苦，战栗身毛竖。
雷霆霹雳声，群兽怖奔走。

菩萨亦如是，震怖长嘘息。
系心于老苦，颔头而瞪瞩。

念此衰老苦，世人何爱乐？
老相之所坏，触类无所择。

虽有壮色力，无一不迁变。
目前见证相，如何不厌离？

菩萨谓御者：宜速回车还。
念念衰老至，园林何足欢？

受命即风驰，飞轮旋本宫。
心存朽暮境，如归空冢间。
触事不留情，所居无暂安。

王闻子不悦，劝令重出游。
即勅诸群臣，庄严复胜前。

天复化病人，守命在路傍。
身瘦而腹大，呼吸长喘息。
手脚挛枯燥，悲泣而呻吟。

太子问御者：此复何等人？
对曰是病者，四大俱错乱。
羸劣无所堪，转侧恃仰人。

太子闻所说，即生哀愍心。
问唯此人病，余亦当复尔？

对曰此世间，一切俱亦然。
有身必有患，愚痴乐朝欢。

太子闻其说，即生大恐怖。
身心悉战动，譬如扬波月。

处斯大苦器，云何能自安？
呜呼世间人，愚惑痴暗障，
病贼至无期，而生喜乐心。

于是回车还，愁忧念病苦。
如人被打害，卷身待杖至。
静息于闲宫，专求反世乐。

王复闻子还，勅问何因缘？

对曰见病人，王怖犹失身，
深责治路者，心结口不言。

复增伎女众，音乐倍胜前，
以此悦视听，乐俗不厌家。

昼夜进声色，其心未始欢。
王自出游历，更求胜妙园。

简择诸婇女，美艳极恣颜。
谄黠能奉事，容媚能惑人。

增修王御道，防制诸不净。
并勅善御者，瞻察择路行。

时彼净居天，复化为死人。
四人共持舆，现于菩萨前。

余人悉不觉，菩萨御者见。
问此何等舆？幡花杂庄严，
从者悉忧戚，散发号哭随？

天神教御者，对曰为死人。
诸根坏命断，心散念识离，
神逝形干燥，挺直如枯木。

亲戚诸朋友，恩爱素缠绵，
今悉不喜见，远弃空冢间。

太子闻死声，悲痛心交结。

问唯此人死，天下亦俱然？

对曰普皆尔，夫始必有终。
长幼及中年，有身莫不坏。

太子心惊惮，身垂车轼前。
息殆绝而叹，世人一何误！

公见身磨灭，犹尚放逸生，
心非枯木石，曾不虑无常。

即勅回车还，非复游戏时。
命绝死无期，如何纵心游？

（昙无谶　译）

《美难陀传》天国游览第十

听说难陀意欲舍弃戒行，
渴望回家中与妻子相见，
于是，牟尼[1]希望救度他，
唤来软弱而忧伤的难陀。（10.1）

未步入解脱道而心思偏离，
难陀前来受到高尚者询问，
他含愧躬身，向胸怀谦逊、
通晓心意者说出自己决定。（10.2）

善逝[2]知道难陀已经迷失在
以爱妻为名的无明黑暗中，
于是抓住他的手飞上天空，
如珠宝师欲捡起落水宝石。（10.3）

他二人身着棕红色的僧袍，
晴空中如金子般明净闪耀，
犹如湖中飞起的一对轮鸟，
相互偎依着一起展翅翱翔。（10.4）

他们很快来到喜马拉雅山，
这里弥漫着雪松幽深清香，
遍布河与湖、清泉与瀑布，

1　牟尼：指佛陀。马鸣为了适应诗律音节，经常在诗中变换对佛陀的称呼。
2　善逝：指佛陀。

蕴藏着金矿，有天仙居住。（10.5）

他们来此伫立祥瑞之山上，
它像无所依凭的天际洲屿，
天国歌手与悉陀[1]时常造访，
笼罩着祭品所燃起的烟雾。（10.6）

感官宁静的牟尼肃立此处，
难陀好奇地张望四面八方，
山岭上装点着洞穴和凉亭，
还有保护雪山的林中隐士。（10.7）

在绵延不绝的洁白山峰上，
有只收起尾翎的孔雀栖息，
如力士伸出的健壮手臂上，
佩戴着一只青琉璃的臂钏。（10.8）

一头狮子卧在雄黄矿岩上，
双肩受到辉映变成橘黄色，
仿佛雪山神女[2]碎落的银镯，
镶有经火炼而红亮的金线。[3]（10.9）

迈着慵懒、威严的步伐，

1　悉陀：一种半神，纯净圣洁，拥有八种神通力。

2　雪山神女：原文为 ambikasya。三个译本中，松涛诚廉订正的读法
ambikāyāḥ 更为通顺。ambikā 意为"波哩婆提"，即雪山神女，湿婆之妻。
汉译从之。

3　雄黄的颜色是黄中带红，为橘黄色。黄金经火烤，颜色会红得发亮。二者
颜色近似。

一只老虎向右弯翘尾巴[1]，

正想俯身饮用山中清泉，

如人走下欲向祖先供水。（10.10）

雪山山坡上迦登波树摇曳，

俯垂的树下有头牦牛倚卧，

牛尾受到牵缠，不能挣脱，

如高尚者对待世交的情谊。（10.11）

有一群肤色金黄的山民，

身上条纹亮似孔雀胆汁[2]，

从山洞冲出，如猛虎跃下，

又仿佛大山从口中吐出[3]。（10.12）

成群的紧那罗女千娇百媚，

从栖居洞穴出来，涌现四方，

乳房、臀部与小腹优美迷人，

宛如一片繁花怒放的蔓藤。（10.13）

猿猴们在群山中游荡闲逛，

搅扰晃动山上的雪松树林，

得不到果实就从树上蹿离，

如同离开毫无恩惠的富人。（10.14）

一只被逐出猴群的雌猴，

---

1 老虎尾巴朝右弯翘，仿佛人有圣线系在右肩。
2 松涛诚廉采取 pattra，意为"羽毛"，本句因此可理解为"身上条纹像孔雀羽毛般闪耀"，比喻也算通顺。Johnston 和 Covill 根据山民风俗，采用 pitta，意为"胆汁"。汉译从之。
3 原文直译为"仿佛是大山吐出"，暗喻山洞如大山之口。

沾染树脂粒而脸颊殷红，

单目失明，牟尼看见它，

然后，对难陀这样说道：（10.15）

"难陀！这只独目的雌猴

与你魂牵梦萦的意中人，

从容貌和举止姿态来看，

你觉得，哪一位更迷人？"（10.16）

难陀听了善逝这些话语，

微微一笑，说道："世尊！

您的弟媳女人中最美丽，

山上捣乱的雌猴哪能比？"（10.17）

牟尼听到了他的回答，

考虑到另外某个原因，

像先前一样带着难陀，

来到因陀罗王的乐园。（10.18）

这里有些树木刹那间

变换各季的风情姿态，

另一些树木则显示出

整个六季[1]的斑斓风采。（10.19）

有些树长满香严花鬘、

各色各样联缀的花环，

还有匹配耳朵的饰品，

仿佛与耳环争奇斗艳。（10.20）

1　六季：印度的时令划分为春季、夏季、雨季、秋季、霜季、寒季。

有些树木盛开丹红的
芙蓉，宛如闪耀灯笼，
有些树木长满绽放的
青莲，仿佛睁大杏眼。（10.21）

有些树木挂满精美衣衫，
它们无需纺织浑然一体，
五彩斑斓，或颜色洁白，
上有金色纹路明亮闪耀。（10.22）

有些树木结满珍珠项链、
珍贵耳环、宝珠、脚镯
和精美的臂钏，这一类
装饰品与天国相得益彰。（10.23）

在宁静的荷花池水面上，
朵朵金莲挺立，琉璃为茎，
金刚石制成花蕊与嫩芽，
触感怡悦，倾吐微妙幽香。（10.24）

有些树木闪耀着黄金宝石，
成为天国居民的娱乐伙伴，
结满各种乐器，有延展的、
张弦的、打孔的、密实的[1]。（10.25）

波利质多树位居林木之首，
闪耀着尊贵、庄严的气质，

1　延展的、张弦的、打孔的、密实的分别指鼓、琴、笛箫、铙钹类乐器。

超越曼陀罗树、拘湿舍耶树、

不胜花繁而弯垂的红莲树。（10.26）

依靠那苦行和严戒的犁铧，

在天国地面上不懈地耕耘，

长出这种树木：永远称心，

为天国居民提供享乐用品。（10.27）

这里有飞鸟喙如红砷，

一双眼睛清澈似水晶，

暗黄的双翼翅尖铜红，

脚爪半是朱红半纯白。（10.28）

有些飞鸟名申吉利迦，

金翅闪亮，正在徜徉，

明净的双眼青如琉璃，

啼声婉啭，动人心弦。（10.29）

有些飞鸟在这里漫步，

头顶装饰着鲜红冠羽，

腰际犹如金子般明黄，

尾部则泛出碧玉色泽。（10.30）

有些灿明鸟正在游荡，

嘴喙明耀，色如烈焰，

体态优美，引人注目，

鸣音清越，迷住天女。（10.31）

积德者身焕光彩，尽情享受，

举止随心，永远快乐喜悦，

青春永驻，毫无痛苦烦忧，

按自己业行位居上中下品。（10.32）

苦行者决心先积累苦行，

以此为钱财来购买天国，

这里有众多嬉戏的天女，

吸引其修炼辛劳的心神。（10.33）

难陀看到这个世界欢乐永驻，

毫无焦虑、忧郁、疲倦、睡眠

与疾患，他觉得人世如坟冢，

受到老与死折磨，永远痛苦。（10.34）

浏览因陀罗园林的周围，

难陀惊讶地瞪大了眼睛，

天女们愉悦地四处巡游，

彼此打量之间心怀倨傲。（10.35）

永葆青春，专注于情爱，

天女为行善者共同享有，

天神与之结合毫无损害，

这是其苦行果报所成就。（10.36）

天女有的低唱，有的高歌，

有些将莲花扯成碎瓣玩耍，

有些彼此欢笑，跳起舞蹈，

姿态万千，项链碎落胸间。（10.37）

有些天女戴着摇动的耳珰，

在森林的深处露出了面庞，

仿佛莲花受到鸭子的碰撞，

在来回摇晃的叶丛中闪现。（10.38）

看到天女从森林深处走出，

仿佛闪电旗帜从云间迸现，

难陀的身体因爱欲而震颤，

如同月亮倒影在水中波动。（10.39）

天女容颜绝世，仪态万方，

难陀看见，不禁由衷迷恋，

目光中闪耀着热切的渴望，

犹如渴盼拥抱而生出情欲。（10.40）

难陀贪爱天女，满怀焦躁，

受此折磨，想要平息欲望，

骚动的感官之马牵扯心神，

他深感羞惭，丧失了镇定。（10.41）

正如一人利用碱粉来浸泡，

将染污之衣变得更加肮脏，

是为了消除污垢而非滋长，

牟尼让他生起情欲也同样。（10.42）

如医生想要祛除身上疾病，

努力治疗，再度引起痛苦，

牟尼希望根除难陀的情欲，

而引他生起更强烈的爱欲。（10.43）

正如旭日初升，万道光芒

令黑暗中的灯光黯然失色，

天女绝代芳华，使尘世间

凡女的美丽风采相形见绌。（10.44）

绝色美艳能掩盖一抹娇妍，

洪大声响能吞没细小音声，

沉疴重病能遮蔽轻恙微疾，

一切巨大是毁灭微小之因。（10.45）

难陀受到牟尼威力的保护，

能忍耐别人难忍受的景象，

因为情欲未除者意志不坚，

天女之美会令其销魂蚀骨。（10.46）

知道难陀已抛下对娇妻

的迷恋，对天女生爱欲，

离欲的牟尼想利用情欲

消除情欲，于是这样说：（10.47）

"请看天宫中的那些天女！

仔细观察，请据实相告，

你觉得她们的美貌德行

与你心上人相比怎么样？"（10.48）

难陀的目光直盯着天女，

情欲的火焰在心中燃烧，

他沉湎情爱，结结巴巴[1]，

双手合十，说出这番话：（10.49）

1　根据三个梵文本，第三音步中的 sagadgagadaṃ，按异读 sagadgadaṃ 译，
意为"结巴的"。

"怙主啊！您可怜的弟媳

与绝色天女之间的差异，

就如同那只独眼的雌猴

与您弟媳所形成的对比。（10.50）

"正如以前见到妻子，

再不注视其他女人，

现在见到美艳天女，

我再也不关注妻子。（10.51）

"像一人原受文火慢热煎熬，

现在受到熊熊烈火的焠炼，

以前我受温和情欲的折磨，

现在却受情欲烈火的灼烧。（10.52）

"请您将言语之水洒向我身，

以免我像爱神[1]一样被焚烧，

此刻情欲之火正要烧毁我，

如火焰从草丛蔓延到树梢。（10.53）

"坚定如大地的牟尼！请垂怜，

救救我吧！我沮丧又不安。

心已解脱者！我即将丧命，

请赐予垂死之人甘露之言！（10.54）

---

1 爱神：原文为"abjaśatru"，意为"莲花之敌，月亮之敌"。Covill 采用"莲花之敌"，即月亮。Johnston 和松涛诚廉采用"abjaketu"，意为"以鱼为旗帜的，爱神"。在这里，"爱神"更符合上下文意，汉译从之。

"情欲之蛇以危害为其盘绕，

毁灭为眼目，迷醉为利齿，

喷吐无明毒火，咬啮我心房，

大医啊！请您授予我解药！（10.55）

"因为受到情欲之蛇的咬啮，

任何人都不可能镇定自若，

生性坚定的沃提[1]意乱神迷，

聪明智慧的福身[2]变得脆弱。（10.56）

"您是殊胜皈依处，我愿皈依！

如此我不会在人世四处流浪[3]，

可终结痛苦烦恼，获得解脱，

我衷心地恳求您，请这样做！"（10.57）

正像消除世人愚暗的明月，

大圣人乔达摩无明已断除，

想要破除难陀心中的无明，

如明月驱散夜晚黑暗，他说：（10.58）

"下定决心，摆脱焦躁易变，

收摄听觉与心神，请谛听！

若你渴望天女，作为代价，

此世要修炼最严苛的苦行！（10.59）

1　沃提：人名，原文为"vodhyu"，未见确切出处。参见 Johnston 编订本中
　　对本颂的注释。

2　福身：月亮族的一位国王，先与恒河女神结合，生下一子毗湿摩，后与渔
　　女贞信成婚，生下花钏与奇武。参见《摩诃婆罗多》。

3　指在人世生生轮回。

151

"因为凭借武力，依靠侍奉，

运用美貌和馈赠都不奏效，

行持正法，才会获得天女，

如果你乐意，请勤勉修法！（10.60）

"此处居民犹如天国的天神，

美好园林和青春永驻的天女，

都是自己行善积德的果报，

并非无故，也非他人给予。（10.61）

"凡间的男人靠弓弩等辛苦

可获得女人，有时却不能，

而在这里，必须修习正法，

积福升天，才会获得天女。（10.62）

"因此，若你渴望得到天女，

请持守戒律，专注并努力，

我在此保证，若信守严誓，

将来你必与天女共结连理。"（10.63）

难陀对至尊牟尼深信不疑，

于是，他坚定地说道："好！"

像风儿一样，从空中飘下，

牟尼带着难陀返回了地面。（10.64）

（党素萍　译）

圣　勇

　　圣勇大约生活于四世纪，在梵语文学史上甚至
与迦梨陀娑齐名，是韵散结合的占布体（campū）的
代表性作家，语言流畅生动，技巧高超。[1]

　　《本生鬘》是圣勇的代表作。义净在《南海寄归
内法传》中曾介绍龙树的《密友书》，称其为印度人
学习佛教的入门书，同时也是终身诵读之书，并将之
比作汉地俗众之中的《千字文》与《孝经》之类。接
下来提及《本生鬘》（音译为《社得迦摩罗》）："其社
得迦摩罗亦同此类（社得迦者，本生也。摩罗者，即
贯焉。集取菩萨昔生难行之事贯之一处也）。若译可
成十余轴。取本生事而为诗赞，欲令顺俗妍美，读者
欢爱，教摄群生耳。"《本生鬘》不仅在一般读者群中
深受欢迎，而且受到上层文士的称扬。义净还记载了
这样一则故事："时戒日王极好文笔，乃下令曰：'诸
君但有好诗赞者，明日旦朝，咸将示朕。'及其总集，
得五百夹。展而阅之，多是社得迦摩罗矣。方知赞咏
之中，斯为美极。南海诸岛有十余国，无问法俗，咸

1　参见黄宝生译，《本生鬘》，中西书局，2020年，第4至5页。

皆讽诵。"[1] 可谓雅俗共赏。

　　所谓本生，最简单而言，即佛陀的前生修行故事。在南传的巴利语佛典《本生》中，有五百四十七个故事。《本生鬘》则对佛陀的三十四个本生故事进行艺术加工，以阐发菩萨的修行途径，即六度（pāramitā，音译为波罗蜜多）中的四度。第一至十个故事阐发布施，第十一至二十个故事阐发持戒，第二十一至三十个故事阐发忍辱，第三十一至三十四个故事阐发精进。在形式上，《本生鬘》韵文与散文杂糅，以散文部分交代事件的起因、经过等。

　　其中，第一个故事即广为流传的舍身饲虎：作为释迦牟尼的前世，菩萨看到一只因产崽虚弱而无力觅食的雌虎，意欲以刚产下的虎崽为食。见此情景，菩萨从山崖上跳下，以己身奉为食物，既解救了虎崽，也免除了母虎杀子之罪。

1　义净著，王邦维校注，《南海寄归内法传校注》，中华书局，1995年，第182至184页。

《本生鬘》母虎本生第一

对于通晓吠陀者，他仿佛就是吠陀，

又仿佛是国王中的国王，备受尊敬，

对于众生，仿佛是千眼因陀罗[1]显身，

对于求知者，如同给予教益的父亲。（1.5）

他的知觉受到前生行为的净化，

看到诸多罪恶产生于种种爱欲，

于是抛弃在家生活，犹如摆脱

疾病，前去装饰某个高原树林。（1.6）

在那里，他凭借无所执着，

以及充满智慧的洁白宁静，

仿佛征服这个执着恶行而

远离智者宁静的人间世界。（1.7）

他的充满仁慈的宁静流淌，

浸透那些凶猛的野兽的心，

它们摒弃互相伤害的秉性，

过着像苦行者那样的生活。（1.8）

他的品行纯洁，感官平静，

知足常乐，展现仁慈美德，

甚至对世上陌生人也喜欢，

1　因陀罗：梵文 indra，是印度神话中的天王。在佛教中，因陀罗又称帝释天（śakra），是佛教的护法神。

世上的人们也这样对待他。(1.9)

他清净寡欲,不擅长欺诈,

不贪求财富、声誉和享乐,

他甚至使天神们的心灵

也变得倾向清净和虔诚。(1.10)

然后,人们听说他出家,

内心深受他的品德影响,

也抛弃亲属和家庭,成为

他的学生,仿佛功德圆满。(1.11)

他尽力教导自己的学生

持戒、清净、调伏感官、

不忘失忆念[1]、隐居独处、

沉思入定和慈悲为怀等。(1.12)

然后,在这里山洞中,

他看见里面一头母虎,

由于分娩的辛劳痛苦,

躺在那里,懒于动弹。(1.13)

这头母虎的双眼深陷,

肚子干瘪,饥肠辘辘,

盯着自己的那些幼崽,

仿佛将它们视同食物。(1.14)

那些幼崽渴望吃奶,爬向前来,

---

1 忆念:梵文 smṛti,指忆念正法,消除邪念。

156

出于对母亲的信任，毫不害怕，
而母虎发出粗暴的吼声，吓唬
它们，仿佛它们是别家的幼崽。（1.15）

菩萨[1]即使思想坚定，看到
这头母虎，也即心生怜悯，
他为他人陷身痛苦而颤抖，
犹如喜马拉雅山遭遇地震。（1.16）

那些生性仁慈的人，即使自己
遭遇巨大的痛苦，也表现坚定，
然而看到他人即使遭遇微小的
痛苦，也会颤抖，这真是奇迹！（1.17）

"你看，轮回毫无德性！[2]
这头母虎受饥饿逼迫，
居然逾越慈爱的界限，
甚至想吃自己的幼崽。（1.18）

"真可悲啊！这种自私
极其邪恶，十分可怕！
由此，甚至母亲也会
想要吃掉自己的孩子。（1.19）

"有谁能纵容这个
称为自私的敌人？
出于自私，甚至会

---

1 在本篇和其他本生故事中，常将故事主人公直接称为菩萨或大士。
2 轮回毫无德性，指轮回转生中存在种种罪恶。从这句开始是菩萨之语。

涉足这样的行为。（1.20）

"有我这具完整的身体在，
何必还要寻找其他的肉？
并且能否找到还不一定，
而我会失去应尽的职责。（1.21）

"这个身体无我，易碎，无实质，
充满痛苦，无情义，永远污秽，
一旦能用它来为他人谋求利益，
若不感到高兴，他就不是智者。（1.22）

"漠视别人的痛苦，或者是沉迷
自己的快乐，或者是缺乏能力，
而我面对别人痛苦，既不快乐，
也不缺乏能力，怎能漠然置之？（1.23）

"即使面对陷入痛苦的作恶者，
如果我有能力，却漠然置之，
便仿佛犯有罪孽，内心由此
烧灼，如干草遭遇大火焚烧。（1.24）

"因此，我要在这山坡悬崖上
舍弃生命，用这卑微的身体，
保护这些幼崽免遭母虎杀害，
从母虎的身边救出这些幼崽。（1.25）

"成为热心造福世界者的
榜样，激励缺乏勇气者，
让勇于施舍的人们高兴，

同时吸引那些善人的心。（1.26）

"让摩罗[1]庞大的军队陷入绝望，

让热爱佛陀品德者满怀喜悦，

让一心追逐自己利益而自我

受到妒忌和贪欲伤害者羞愧。（1.27）

"让皈依大乘者信仰虔诚，

让嘲笑施舍者感到震惊，

让天国的大道获得净化，

让热爱施舍者心生喜悦。（1.28）

"我曾经有这心愿：'什么时候

能用我的肢体为他人谋利益？'

如今我很快会实现这个心愿，

同时也达到完全彻底的觉悟。（1.29）

"我的这种热诚并不是出于竞争，

不是出于贪图声誉或求取天国，

也不是为了王国或自己的最终

幸福，而只是为他人谋求利益。（1.30）

"由此我能同时为世界

消除痛苦和创造幸福，

正如太阳永远为世界

驱除黑暗和带来光明。（1.31）

"目睹了我的品德，我或将受到

1　摩罗：梵文 māra，是破坏佛道的恶魔。

纪念，或将出现在人们谈论中，

无论呈现什么方式，我会永远

为这世界谋求利益和积聚幸福。"（1.32）

他这样做出决定后，为自己

舍命为他人谋求利益而高兴，

甚至让众天神坚定的心产生

震惊，他舍弃了自己的身体。（1.33）

啊，这位心灵伟大者怜悯受苦

受难的众生，漠视自己的幸福！

啊，他将善人的境界推向极致，

彻底碾碎其他人的名声和光辉！（1.34）

啊，展现至高的仁慈，

英勇卓绝而无所畏惧！

啊，充满品德的身体，

突然成为崇敬的对象！（1.35）

他天性柔顺，镇定如大地，

然而不能忍受他人的痛苦，

啊，对照他的英勇业绩，

我的愚钝冥顽暴露无遗。（1.36）

有了这一位保护者，如今

世界有保障，不必再忧伤，

而爱神[1]惧怕失败而惊慌，

今天肯定只能唉声叹气。（1.37）

---

1 爱神：在佛经中，常将爱神等同于摩罗。

菩萨的学生们，健达缚、药叉、蛇和

众天神[1]听闻他的业绩，个个面露惊讶，

他们降下花环、衣服、首饰和檀香粉

之雨，覆盖持有他的遗骨财富的大地。（1.38）

（黄宝生　译）

1　健达缚（gandharva）是天国歌舞伎，药叉（yakṣa）是财神的侍从，蛇
　　（bhujaga 或 nāga）在汉译佛经中常译为"龙"。在佛教中，他们和众天神
　　都是护法者。

迦梨陀娑

迦梨陀娑是印度古代最知名的诗人之一，大约生活于公元四五世纪之间。他在国际上也享有很大的声誉，尤其是戏剧《沙恭达罗》，被译为多种欧洲语言，他因此而获得"印度的莎士比亚"的称号。在梵语文学史上，迦梨陀娑是罕见的同时留下戏剧作品、叙事诗、抒情诗的作家。虽然有学者认为《六季杂咏》并非迦梨陀娑的作品，此处还是遵循国内外印度文学史著作的一般说法，依然将其系于迦梨陀娑名下。

长篇叙事诗《鸠摩罗出世》取材于战神出世的神话。众天神被阿修罗骚扰，只有湿婆之子才能打败阿修罗。而此时湿婆正在喜马拉雅山上苦行，因前妻萨蒂的自焚身亡而断绝尘缘。萨蒂转世为喜马拉雅山王之女波哩婆提。于是神王因陀罗派出爱神，命他向湿婆射出爱情之箭，促成湿婆与波哩婆提再续姻缘。二人成婚便能诞下战神，杀死阿修罗，解除天神之困。爱神奉命行事，湿婆从苦行中被惊醒，他愤怒的第三只眼却将爱神烧成了灰烬。第五章"苦行成果"，即讲述目睹了这一幕的波哩婆提，决心要以苦行的方式赢得湿婆为夫。传说她苦修千年，以娇嫩之躯承受了常人难以想象的种种严厉苦行，堪与名为"大苦行者"的湿婆媲美。湿婆感到满意，现身为苦行者，对她进行了最后的考验。二人终成眷属，战神诞生。第五章的前一部分详细描述了波哩婆提的苦行，时时与她的青春柔美相对照，将传统的对美女的描摹与对苦行的颂扬完美地融合在一起。此外，还有几处将她与自然母亲、大地相比拟，突出了波哩婆提母亲神的属性。后一部分则是湿婆化身为苦行者，与波哩婆提对话，借波哩婆提之口赞颂湿婆的种种神迹。

《罗怙世系》叙述了罗怙王朝的历史，歌颂了历代国王的种种事迹。第八章"阿迦悲悼"，首先交代了新旧国王交接时期的情形：老王完成了人生的种种享乐与义务，进入人生的最后阶段，追求解脱；而新王刚刚进入家居期，正是履行职责的时期。二人形成了完美的对应，从中可以看出印度人将入世与出世视为人生不可分割的两个面向，二者相辅相成、彼此相依。在这一章的主要部分，阿迦之妻英杜摩蒂被天国的花环砸中而死，充满了宿命的味道。随后的阿迦悼妻，也是典型的印度悼诗的程式，甚至可上溯至马鸣《佛所行赞》中的《合宫忧悲品》（虽然悉达多太子只是离家，而非死亡）。迦梨陀娑本人似乎偏爱这一题材，《鸠摩罗出世》的第四章也是"罗蒂悲悼"。这一章还引入了苦行牟尼对阿迦的劝诫，由此展示了他们的生死观：生为寄，死为归。灵魂与肉体既结合，又分离。亲人的眼泪会烧灼死者，甚至殉情也无法再会，"因为前往另一个世界，人们按照各自业果，行进的道路并不相同"。但阿迦还是无法抑止对亡妻的思念，儿子刚成年能够承担国事，他便追随妻子而去，在天国重逢。

《六季杂咏》，顾名思义，即歌咏印度的六个季节，这里选录其中的第三章"秋季"。按照当今通用的公历来算，印度的秋季大约是从九月十五日到十一月十五日，在古代可能要往前推十天左右。秋季接续雨季而来，物候上也有明显的变化：七叶树取代了迦昙波、古吒遮、阿周那、娑尔遮和尼波树，繁花盛开，还有清香的茉莉；孔雀不再活跃，天鹅却摇摆身姿兴奋鸣叫；田野里的庄稼成熟了，一派丰收的景象。

《鸠摩罗出世》苦行成果第五

湿婆这样当面将爱神焚毁，
波哩婆提的希望被他粉粹，
她发自内心责怪自身美色，
因为美在爱人处才结硕果。（5.1）

她沉思入定，希望借助
自身苦行使美貌不虚掷，
否则二者如何兼收并蓄：
这样的爱和如斯的夫婿？（5.2）

听说这个女儿心系山主，
已经发愿决定修习苦行，
美纳[1]揽她入怀开口相劝，
劝她收回牟尼的大誓愿。（5.3）

"能令你渴慕的天神就在咱家，
孩子，苦行在哪儿？汝身在哪儿？
希利奢娇花能经受蜜蜂轻压，
却承受不住鸟儿的落足践踏。"[2]（5.4）

如此规劝意愿坚定的爱女，
美纳也不能使她心回意转。
谁能扭转矢志不移的决心，

---

1 美纳：梵文 menā，是喜马拉雅山的妻子，波哩婆提的母亲。
2 "苦行在哪儿？汝身在哪儿？"意指波哩婆提的身体与苦行相去甚远、悬殊太大，不堪承受苦行。

和向低处奔流而去的波澜。（5.5）

有一次，这心意已决的女郎，

请密友央告知她心愿的父王，

为自己求一处森林中的居所，

用来修习苦行直至成就正果。（5.6）

然后，高利女神[1]德高望重的父亲，

喜欢与她相称的坚定，允其所请，

于是，她便前往遍布孔雀的山峰，

那里后来因她的名字而举世闻名。（5.7）

她矢志不移，先摘去项链，

那晃动蹭掉檀香膏的珠串，

又系上红若朝阳的树皮衣，

丰乳撑开衣服的贴合严密。（5.8）

发髻盘起，犹如秀发妆毕，

她的脸蛋儿依旧可爱甜蜜，

莲花不仅因有蜂群而耀眼，

粘上青苔，仍然光彩亮丽。（5.9）

为苦行系上三股蒙阇草带，

弄得她时刻感到汗毛竖立，

第一次佩戴着这样的物件，

磨得她腰带部位泛起红艳。（5.10）

她的手不再描画红色消退的嘴唇，

1　高利女神：梵文 gaurī，是波哩婆提的一个称号。

不再玩耍被胸上香膏染红的皮球，

她让纤手与念珠串厮磨结为好友，

因为采摘拘舍草嫩芽而刺破指头。（5.11）

从前在华贵床榻上辗转反侧，

连发间落花都让她备受折磨，

如今她在露天的空地上安坐，

就寝时将蔓藤似的手臂枕卧。（5.12）

她恪守誓言，将二美分置两处，

似寄存会再次收回的抵押物：

优美的姿态交付给纤细藤蔓，

顾盼流转的目光交付给雌鹿。（5.13）

将水流从乳房似的水罐倒出，

她亲自抚育树苗，不知疲倦，

即便是爱子古诃也不能消除

她对这些头生子的舐犊情笃。[1]（5.14）

享用她手捧着送来的林中野谷，

雌鹿受到爱抚，对她如此信赖：

她曾满怀好奇，当着女友的面，

用它们的鹿眸比量自己的双眼。（5.15）

沐浴净身，将祭品投入祭火，

她身穿树皮上衣，念诵吠陀。

仙人们想要见她，纷纷赶来，

---

1 古诃：梵文 guha，是鸠摩罗的另一个称号。这里是说波哩婆提把树苗当儿
  子般珍爱。

对正法成熟者不计岁数大小。（5.16）

这座苦行林也变得一派圣洁，

相互争斗的野兽们捐弃前嫌，

树木以令人垂涎的果实待客，

祭火在新盖的茅屋当中点燃。（5.17）

一想到过去那般修习苦行，

都不能获得她渴望的结果，

她就不顾自身的瘦弱伶仃，

开始修习更加严酷的苦行。（5.18）

即使戏球也会陷入疲惫，

她却投身于牟尼的修习。

她的身体定是金莲造就，

本质柔弱却又蕴蓄精力。（5.19）

夏天里细腰女笑容明亮，

坐在四堆熊熊祭火中间，

她克服刺目的灼灼日光，

目不转睛地凝视着太阳。[1]（5.20）

遭受阳光这般猛烈的炙烤，

她的容颜闪现莲花的美好，

唯独脸上那对修长的眼角，

乌黑焦痕渐渐把它们环绕。（5.21）

1　修习苦行者在夏季要经受五火炙烤，五火指置于身体四面的四火和骄阳之火。

只有不求而至的天然水，
与满含甘露的月之光辉，
成为她开斋进食的方式，
与树木的生存别无二致。[1]（5.22）

天上的日焰和地上的薪火
各种火焰将她剧烈地烤灼。
夏末的头场新雨从天浇灌[2]，
她与大地释放出冲天的热。（5.23）

第一批雨滴在睫毛上停留片刻，
击打下唇，射中乳峰，溅成碎沫，
沿着她的腰部褶皱处摇摇晃晃，
过了很久才缓缓地流入肚脐窝。（5.24）

夜晚张开闪电的眼睛，
看到她冒着苦雨凄风，
倚石而卧，无处安身，
犹如见证她的大苦行。[3]（5.25）

风卷暴雪的仲冬夜晚，
她专注地立于水里边，
眼前一对分离的轮鸟，

---

1 "不求而至的天然水"指露水、雨水等，餐风饮露是苦行者的修习方式；此外，在印度神话中，甘露常常指苏摩酒，而苏摩又与月亮密切相关，"苏摩"后来成为月神的另一个称谓，故而诗中说月光饱含甘露，能滋养植物。

2 印度的六季中，夏季之后即雨季。

3 修习苦行者在雨季要露天而宿。

彼此哀呼，惹她生怜。[1]（5.26）

脸蛋儿散发莲花的香甜，

因花瓣下唇颤抖而娇艳，

夜晚的莲丛遭阵雪摧残，

她仿佛修复了满池菡萏。（5.27）

靠吃自飘自落的树叶为生，

正是修习苦行的至高极境。

她言辞动听，连这也弃拚，

博古者便以"阿波罗娜"[2]相称。（5.28）

她日夜不停修习各种苦行，

使藕丝般娇柔的身躯疲倦，

却把苦行者们凭坚硬体魄

修炼的苦行远远甩在后面。（5.29）

后来，有位苦行者走进苦行林，

他手持波罗奢木杖，身披鹿皮，

言辞雄辩，仿佛闪耀梵的光辉，

像有形的人生第一阶段梵行期[3]。（5.30）

好客的波哩婆提前去相迎，

心存尊崇，对他礼拜恭敬，

1　修习苦行者在冬季要浸入水中。轮鸟（cakravāka）是一种传说中的水鸟，雌雄白天相聚，夜晚不得不分离，印度诗文中常用它们比喻伉俪情深的夫妻。

2　阿波罗娜：aparṇā 一词的音译，其字面义为"不食树叶的女子"，后用来指称波哩婆提。

3　婆罗门教规定人生需遵循四个阶段，即梵行期、家居期、林居期和遁世期。

即使平等，但对优秀人士，

心思专注者仍会满怀尊重。（5.31）

接受她合乎仪轨的款待，

他似乎瞬间消除了疲劳，

用直率的目光注视乌玛[1]，

他不失礼节地开始说道：（5.32）

"祭祀用的柴薪和拘舍草易得吗？

水儿是否适合你用来净身沐浴？

你能否凭一己之力把苦行修习？

履行正法的首要工具就是身体。（5.33）

"你浇水滋养的蔓藤嫩芽，

它们是否依旧生机勃发？

能否与你久褪红胭脂的

鲜艳朱唇一起互争高下？（5.34）

"你的内心是否对鹿儿们满含宠爱？

它们取食你手中达薄草皆因信赖。

莲花眼的佳人啊，它们眼波流盼，

仿佛在炫耀与你的美目同样妙曼。（5.35）

"人们常说'美貌不会通向罪行'，

山的女儿啊，这话一点儿不错，

容貌高贵者啊，因为你的品性

---

1 乌玛：梵文 umā，字面义是"啊，不要！"美纳劝阻波哩婆提修苦行时曾口呼"乌玛"，故而"乌玛"后来也成为波哩婆提的另一个称谓。

即使对苦行者来说也堪称楷模。[1]（5.36）

"从天而降的恒河水闪耀着
七仙人播撒的供品的光辉[2]，
却不及你纯洁无瑕的行为，
能这般净化此山及其族辈。（5.37）

"因此，俏佳人啊，正法如今
对我特别重要，是三要[3]精华，
因为你的心思不专注于利欲，
唯一接受并遵奉的就是正法。（5.38）

"我接受你亲赐的特殊礼遇，
你就不应该把我视同陌路，
身段婀娜的美女，智者云：
君子之交产生于同行七步。[4]（5.39）

"因此，以苦行为财富的人儿啊，
我因再生族[5]的天性而好奇冲动，
渴望向宽宏的您询问一件事情，

1　此节暗含的意思是：有福德方会有美貌，因此貌美者不可能犯罪。

2　"闪耀着光辉"对应的原词是"prahāsin"，该词兼有"微笑"和"闪光"的意思，这里一语双关，将鲜花等供品闪耀的光辉比喻成恒河洁白的微笑。

3　"人生三要"（trivarga）是指"法"（dharma）、"利"（artha）、"欲"（kāma），它们和"解脱"（mokṣa）一起构成了印度传统中四大"人生目的"（puruṣārtha）。

4　"sāptapadīna"字面义既指"七步"，也指"七词"，引申为"友谊"，也就是说，君子之交产生于同行七步或交谈七词。而"七步"在印度文化中还有其特殊意义，它不仅指"七步之谊"，还是婚礼仪式的一部分，新郎新娘围绕圣火一起走七步，方结为夫妇。

5　再生族：包括婆罗门、刹帝利和吠舍，这里特指婆罗门。

如果不是秘密，请您现在回应。（5.40）

"出生于最初的创造主梵天的家族[1]，
青春妙龄，身上似显现三界之美，
有钱有势的幸福不需要刻意求得，
你说，除此外苦行之果还有什么？（5.41）

"细腰女啊，思想高洁的女子
因为难忍的不幸才这般行事，
内心沿着思考之路努力求索，
也不见你身上出现这种灾祸。（5.42）

"你的仪容不应该被忧愁压垮，
在父母家怎会遭受渎犯侮狎？
生人也不敢触摸你，美眉啊，
谁能将蛇冠宝石尖伸手摘下？（5.43）

"为何你正值青春年少却卸去红妆，
穿上了展现老年魅力的树皮衣裳？
请你来说一说，当美丽夜色初降，
星月齐辉之夜是否适合迎来天亮？（5.44）

"如果你追求天国，那么苦行也无益，
因为你父亲的疆域就是天神的土地，
如果你追求夫婿，那么也无须修习，
因为珍宝不主动寻主，自有人来觅。（5.45）

"你温热的叹息泄露了秘密，

---

1 根据印度神话，喜马拉雅山由梵天创造。

而我的内心依旧陷入怀疑，

我看不出有谁值得你追寻，

怎么会有你求而不得之人？（5.46）

"你喜欢的小伙儿真是硬心肠，

竟漠视你的发髻棕黄似稻芒，

蓬乱地披散在两侧面颊之上，

那里的莲花耳饰久已空荡荡。（5.47）

"你奉行牟尼的誓愿而过度瘦弱，

该佩戴装饰的部位遭太阳烤灼，

你像白昼的一弯月牙失去光彩，

有知觉者谁见了内心不受折磨？（5.48）

"我知道你倾心爱慕的人儿

自负俊俏，因而鬼迷心窍。

你虽睫毛弯弯，媚眼频传，

他却久久不在你眼前露面。（5.49）

"高利女神，你还要辛苦劳累多久？

我在人生第一阶段也有苦行积聚，

请用它的一半赢得你渴慕的快婿，

我真想好好地认识你的心中所许。"（5.50）

这再生族参透她心中秘密，

她听完后却羞于道出心意，

于是转过未涂眼膏的眼睛，

望向站在身边的闺友知己。（5.51）

她的女友对这苦行者说道：

"贤士，你若好奇，请听我言，

她为谁把身体当苦行工具，

正像有人把莲花当遮阳伞。（5.52）

"这高傲的女子鄙弃尊贵非凡、

以因陀罗为首的四方守护神，

一心求得手持三叉戟的夫君[1]，

他摧毁爱神，不向美色称臣。（5.53）

"过去，爱神的箭矢未中湿婆，

却被难以忍受的'唵'声反射，

回头深深地刺伤了她的心窝，

尽管爱神形体已遭毁灭之祸。（5.54）

"自此后，少女饱受情火折磨，

清凉的檀香志[2]染白纤纤秀发，

父亲家中的石板上雪花遍落，

即使躺上去她也从未得安乐。（5.55）

"每当唱起赞美湿婆功绩的颂歌，

她便泪涌喉头，唱词哽咽失落，

多次使陪她在林中吟唱的女友、

紧那罗的公主们纷纷哀叹悲啜。（5.56）

"当夜晚只剩下三分之一，

她闭目片刻又猛然惊醒，

双臂环绕不存在的脖子，

1　湿婆手持三叉戟（pinākapāṇi），因而又被称为"持三叉戟者"（pinākin）。
2　"檀香志"是以檀香涂抹在前额的吉祥志。

空呼道：'青颈[1]你去哪里？'（5.57）

"这傻姑娘亲手描绘湿婆，

又对着画像悄悄地抱怨：

'既然智者说你无处不在，

为何你不知我陷入爱恋？'（5.58）

"当苦寻也找不到其他途径

赢得这位世界之主的倾心，

于是她便求得父亲的应允，

和我们来到这苦行林修行。（5.59）

"亲手栽种的树木见证苦行，

这女友目睹它们结出果实，

然而她寄托在湿婆身上的

心愿却不见有发芽的踪迹。（5.60）

"我不清楚那位求而不得的神祇

何时才会眷顾这一位好友闺蜜，

我们曾含泪目睹她苦修而消瘦，

像不知雄牛何时施泽干旱耕地。"[2]（5.61）

她深知好友心事，吐露乌玛真情，

这终生梵行的美男子听她这样讲，

没有露出喜悦之色，向乌玛问道：

"哎呀，这是实情，抑或只是玩笑？"（5.62）

1　传说众神和阿修罗搅乳海时，搅出能毁灭世界的毒药，湿婆为救世将它吞
下，结果药力发作，烧黑了喉咙，故而他又名"青颈"。

2　"雄牛"（vṛṣan）是因陀罗的一个称号，他是众神之王，也是雷雨之神。
最后一句的完整意思是：不知雄牛何时施恩给因他不降雨而干旱的耕地。

于是，山的女儿将水晶念珠串

置于掌端，手指拢成花蕾一般，

她在心中久久斟酌要说的语言，

迟疑半晌勉强开口，言辞简练：（5.63）

"通晓吠陀者中的佼佼者啊，

如你所闻，鄙人欲登高位，

据说这苦行是达到的途径，

没有愿望触及不到的事情。"（5.64）

然后，梵行者说："大自在天

举世闻名，而你却求做丈夫，

一想到他爱好种种不吉之物，

我就不能认同你的这种思慕。（5.65）

"一心痴恋废物的女郎啊，

湿婆之手以盘蛇为腕环，

你这纤手佩戴结婚圣线，

如何承受它第一次牵挽？（5.66）

"你自己可曾好好想过，

这两样是否值得结合：

标有天鹅的新娘丝衣，

和血滴淋漓的大象皮？ [1]（5.67）

"纵使仇敌，谁又会同意，

你踏遍柱厅花簇的双脚，

---

1 湿婆曾杀死象魔，并剥了它的皮穿在身上。

却要在落满遗发的墓地，

留下印着红颜料的足迹。[1]（5.68）

"火葬堆余烬易落三眼[2]胸膛，

将会沾在你这对乳房之上，

那里惯常涂抹着黄膏檀香，

你说，有啥比这更不适当？（5.69）

"还有别的笑柄等你面对：

众人见你理应乘坐象王，

婚后却骑在老牛的身上[3]，

嘲笑会爬上他们的面庞。（5.70）

"只因生出与湿婆结合的愿望，

如今两者皆陷入可悲的境况：

一是月亮那皎洁生辉的月分，

一是你这令世人悦目的月光。[4]（5.71）

"身上眼睛畸形、来历也不明，

财富由他身着天衣[5]便可猜详，

在丈夫那里孜孜以求的一切，

鹿眼女啊，三眼神可有一样？（5.72）

"赶快从这不良的愿望上收回心意！

1　湿婆在火葬场，也即墓地里栖身。

2　三眼：梵文 trinetra，是湿婆的一个称号。

3　公牛是湿婆的坐骑。

4　湿婆头戴新月，因此诗中的月分代指湿婆，而美女一般会被比作赏心悦目的月光，因此月光代指波哩婆提。

5　身着天衣：梵文 digambaratva，也就是以天地为衣，即裸体。

他这种人在哪里？具有吉相的你
又在哪里？贤士不希望墓地尖杵
也配用上适合祭祀柱的吠陀祭仪。"[1]（5.73）

再生族这样口出悖逆之言，
波哩婆提的蔓藤眉头紧锁，
眼角泛红，对他投去斜睨，
颤抖的下唇泄露她的怒火。（5.74）

然后反驳道："你对我这么说，
显然因为没有真正了解诃罗[2]，
灵魂伟大者的行为不同凡俗，
动因不可思议，故遭愚夫憎恶。（5.75）

"吉物激发贪念，破坏自我活动，
只有渴求富贵者和一心消灾者
才对它汲汲营营。他无欲无求，
是世界的救星，要吉物有何用？（5.76）

"他一无所有，乃财富之源，
是三界之主，在墓地游荡，
形貌恐怖，却被称作'湿婆'[3]，
无人知持三叉戟者的本相。（5.77）

1　墓地尖杵用于刺死罪犯，被视为不洁，而祭柱则无比圣洁，此节用这二者
　　比喻湿婆和波哩婆提，极言二人有天壤之别。
2　诃罗：梵文 hara，是湿婆的一个称号。
3　"śiva"一词既指湿婆（"śiva"的音译）神，也有"仁慈的、友善的"之意，
　　与湿婆的恐怖形貌似乎存在矛盾，结合其他相互冲突的特点，故而诗中说
　　没人知道湿婆的本相。

"他以万物为形体[1]，形貌捉摸不定，

或佩挂宝饰而闪耀，或身缠螣蛇，

或穿着精美的丝绸，或腰围象皮，

或以月牙作为顶饰，或头戴骷髅。（5.78）

"与他的身体获得接触之后，

火葬堆余烬一定会变圣洁，

因此随他展现舞姿而散落[2]，

又被天国居民俯首时粘走。（5.79）

"他身无分文，骑着一头公牛游走，

因陀罗乘坐颞颥开裂的方位神象

前来相迎，顶礼敬拜了他的双足，

令他脚趾被盛开的天花[3]花粉染红。（5.80）

"尽管你灵魂堕落，欲对他横加指责，

但是对湿婆，有一件事你说得没错：

人们甚至说他是自生者梵天的父亲，

他的出身又怎会让世人一眼就识破？（5.81）

"无须争论，你怎样闻听，

那他就全然是怎样的吧！

我心系于他，满怀爱情，

随心而为者不在乎诟病。（5.82）

"闺友啊，快点阻止这个小子，

1　湿婆有地、水、火、风、空、日、月、祭祀八种形体。

2　湿婆是著名的舞蹈之王，其舞蹈象征宇宙的永恒运动。

3　天花：对应的原词是"mandāra"，后者可音译为"曼陀罗花"，是一种开
　　在天国的圣花。

他嘴唇翕动，想再说点什么。
不仅是恶言辱骂伟人的家伙，
就连听到的人也会沾染罪恶。"（5.83）

"或许我还是离开这里吧！"少女
说走就走，树皮衣从胸前脱落，
以公牛为旗徽的湿婆恢复原形，
一把将她抓住，脸上笑意盈盈。（5.84）

看见他，山王之女纤体汗湿，
颤抖不止，她抬起玉足要走，
却似河道遇山而壅塞的川流，
那真是既留不下，也走不了。（5.85）

头戴新月的湿婆说："身段婀娜的佳人啊，
从此以后，我就是你用苦行买来的仆隶。"
听闻这话，她立刻抛却苦修产生的倦意，
因为有圆满结果，疲累会再生新的活力。（5.86）

（于怀瑾　译）

《罗怙世系》阿迦悲悼第八

他还佩戴着优美可爱的
结婚圣线，国王就将大地
交到了他的手上，犹如
交给他另一个英杜摩蒂。（8.1）

通常，王子们为自己谋取王权，
甚至会使用种种卑劣的手段，
而阿迦是遵奉父命，接受来到
身边的王权，并不是贪图享受。（8.2）

大地与阿迦一起接受
极裕仙人用圣水灌顶；
它仿佛以冒出的洁白
雾气，表示心满意足。（8.3）

由通晓阿达婆吠陀的老师
举行仪式，他变得所向无敌，
因为梵和武器的威力结合，
这就像烈火得到风力相助。（8.4）

臣民们觉得这位新王
就是恢复青春的罗怙，
因为他不仅继承了王权，
也继承了罗怙所有品德。（8.5）

两者与另外吉祥的两者

结合，就会格外增添光辉，
父亲的繁荣富庶和阿迦，
阿迦的青春和品德修养。（8.6）

这位大臂者仁慈温和地
享受新近归附他的大地，
如同刚刚牵手成亲的新娘
唯恐行为粗鲁会吓坏她。（8.7）

臣民中人人都这样想：
"我受到大地之主尊重。"
因为他从不蔑视任何人，
犹如大海对待所有河流。（8.8）

不过于严厉，也不过于温柔，
采取中道，降伏其他的国王，
而不彻底毁灭他们，犹如风，
吹弯树木，而不连根拔起。（8.9）

罗怙看到儿子凭借自制力，
已经在臣民中确立了威信，
他不再贪求注定会毁灭的
感官对象，即使是升入天国。（8.10）

迪利波家族的人到了老年，
都把王权交给具备品德的
儿子，控制自我，走上身披
树皮衣的、苦行者的道路。（8.11）

正当他准备前往森林，

儿子用顶冠优美的头，

拜倒在父亲的双脚下，

祈求他不要抛弃自己。（8.12）

罗怙热爱自己儿子，满足

泪流满面的儿子这个愿望，

但不再接受放弃的王权，

犹如蛇不再接受蜕下的皮。（8.13）

这样，在人生的最后阶段，

他居住在城外的一个地方，

控制感官，得到儿子享有的

王权照顾，犹如受儿媳侍奉。（8.14）

老国王安于寂静，

而新国王朝气蓬勃，

这个家族如同天空，

月亮沉寂，太阳升起。（8.15）

人们看到罗怙和阿迦分别

具有苦行者和国王的标志，

犹如追求解脱和繁荣富强，

这两种正法部分下凡大地[1]。（8.16）

阿迦与精通治国论的大臣，

一起谋划征服尚未征服者；

罗怙与虔诚可靠的修行者，

1　按照印度神话观念，天神下凡大地，采用"部分化身"的方式。这两种正法可理解为解脱法和王法。

一起追求永恒不灭的境界。（8.17）

年轻的国王坐在正法的
宝座上，监督他的臣民；
年老的国王坐在圣洁的
拘舍草座上，凝思静虑。（8.18）

一位凭借强大的权力，
控制毗邻的国王们；
另一位凭借沉思入定，
控制体内的五种气。（8.19）

新国王将大地上那些
敌人的行动成果烧成灰；
老国王凭借智慧之火，
焚烧干净自己过去的业。（8.20）

阿迦运用以缔和为首的
六种策略，事先考察效果；
罗怙对木石和金子一视
同仁，制服原质的三性。（8.21）

新国王行为坚定，不断
工作，直至最后取得成果；
老国王智慧坚定，不断
修行，直至看见最高自我。（8.22）

这样，他俩保持清醒，分别
努力抑止敌人和感官活动，
从而获得两种成功：一种是

繁荣富强，另一种是解脱。（8.23）

罗怙对万物一视同仁，出于

对阿迦的关心，度过一些年，

他依靠瑜伽入定，超越黑暗，

获得永远不变不灭的原人[1]。（8.24）

听到父亲已经抛弃身体，

罗怙之子久久伤心落泪，

点燃祭火，与苦行者一起，

为父亲举行无火的葬礼[2]。（8.25）

他通晓祭祖仪轨，举行葬礼，

心中满怀着对父亲的虔诚，

因为遵循那条道路去世的人，

他们并不盼望儿子供奉饭团。（8.26）

通晓真谛的智者们向他指出，

不必为获得至福的父亲忧伤，

于是，他心中的痛苦得到平息，

持弓上弦，统治世界，所向无敌。（8.27）

大地和美丽的英杜摩蒂，

获得这位气概非凡的丈夫，

前者为他产生丰富的珍宝，

后者为他生下英勇的儿子。（8.28）

1　原人即至高自我，也就是梵。

2　无火的葬礼指不采取火葬，而采取埋葬的方式。据说这种葬礼适用于苦
　　行者。

这儿子的光辉如同千道光芒的

太阳，名声远扬十方，智者们

通过他的名字十车以十起首，

知道他是十首王之敌的父亲。[1]（8.29）

通过学问、祭祀和生子，

这位国王还清了仙人、

天神和祖先们的债务，

犹如太阳摆脱了晕圈。（8.30）

力量用于消除受苦者的

恐惧，博学用于尊敬智者，

不仅财富，还有品德，这位

国王都用于为他人谋福祉。（8.31）

他管好臣民，又有了好儿子，

一次，偕同王后在城中花园

游乐，犹如众天神的保护者

在天国欢喜园，有舍姬做伴。[2]（8.32）

那时，那罗陀仙人沿着太阳

从北方回归之路，前往南海

岸边的戈迦尔纳，弹奏琵琶，

赞颂居住在那里的自在天。[3]（8.33）

1　十首王之敌指罗摩。阿迦是十车王的父亲，而十车王是罗摩的父亲。

2　众天神的保护者指因陀罗。

3　这里指居住在南海边戈迦尔纳地区神庙中的湿婆大神。

他的乐器顶端系有花环，

缀满天国的鲜花，据说，

一阵强劲的风吹来，仿佛

贪图它的花香，将它刮落。（8.34）

这位牟尼的乐器周围，

布满追逐鲜花的黑蜂，

看似乐器遭遇强风欺辱，

流下沾有黑眼膏的泪水。（8.35）

这天国花环充满花蜜和

芳香，光辉胜过各季蔓藤，

恰好坠落在国王的爱妻

那对丰满的乳房顶端。（8.36）

这位人中俊杰的爱妻，只不过

在刹那间，看到花环成为那对

优美乳房的女友，便在惊恐中

闭上眼睛，犹如黑暗夺走月光。（8.37）

身体丧失官能，她倒下，

连带她的丈夫也倒下，

一旦灯焰坠地，岂不是

也连带着流淌的油滴？（8.38）

受到他俩的侍从混乱

而痛苦的叫声惊吓，

莲花池中的鸟也仿佛

同样痛苦，发出哀鸣。（8.39）

用扇子扇风和其他手段，

终于解除了国王的昏厥，

而王后依然那样，因为只有

命数未尽，救治才会有效。（8.40）

王后失去生命，如同失音

而需要重新调整的琵琶，

国王满怀深情，抱起爱妻，

按照习惯放在自己膝上。（8.41）

王后失去知觉，脸色灰白，

躺在国王的膝上，这样，

国王显得像清晨的月亮，

带有昏暗的鹿儿印记。（8.42）

他甚至失去了天生的坚定，

发出哀悼，话音带泪而哽咽，

即使是铁，高温下也会变软，

更不必说对于血肉之躯的人！（8.43）

"如果那些花儿接触身体，

也能夺走人的性命，天啊！

一旦命运想要打击，还有

什么不能成为它的工具？（8.44）

"或许，死神用柔软的

手段毁灭柔软的事物，

在我看来，莲花死于

降下的霜雪便是先例。（8.45）

"如果这个花环能够夺人性命，

放在我的心口，为何不毁灭我？

这一切都按照自在天的意愿，

毒药变甘露，或甘露变毒药。（8.46）

"或许是我的时运倒转，

创造主创造出这种雷电；

它没有击倒大树本身，

却击毁依附树枝的蔓藤。（8.47）

"长期以来，即使我犯了错误，

你也不嫌弃我，为何突然间，

对我这个没有犯错误的人，

你反而会认为不值得说话？（8.48）

"笑容灿烂的夫人啊！肯定

你认为我是个虚情假意的

伪君子，因为你不辞而别，

前往另一个世界，不再返回。（8.49）

"我这可悲的生命自作自受，

就让它忍受强烈的痛苦吧！

既然它原先跟随我的爱妻，

为何又要离开她，自己返回？（8.50）

"欢爱疲倦渗出的汗珠，

甚至还留在你的脸上，

你自己却已走向死亡，

呸！这生命是这样脆弱！（8.51）

"过去我从未错待你，甚至没有
这样的念头，那你为何要抛弃我？
我作为大地之主确实徒有其名，
但却是始终一心一意爱着你。(8.52)

"大腿宛如象鼻的夫人啊！
风儿吹拂你卷曲的头发，
色泽似黑蜂，佩戴着花朵，
不由得让我猜想你已复活。(8.53)

"因此，请你赶快醒来，
爱妻啊！消除我的忧愁，
就像药草在夜晚发光，
驱除雪山山洞的黑暗。(8.54)

"你的脸上，鬈发还在晃动，
却不再开口说话，令我哀戚，
犹如一株莲花，在夜晚入睡，
里面的蜜蜂嗡嗡声已停息。(8.55)

"夜晚能与月亮重逢，雌轮鸟
能与相伴而行的雄轮鸟会合，
这样，双方能忍受暂时的分离，
而你永远离去，怎不令我心焦？(8.56)

"你的柔软的肢体，即使
躺在嫩芽床上，也会硌疼，
大腿迷人的夫人啊，你说
它怎能忍受躺在火葬堆上？(8.57)

"腰带是你的隐秘处的好友，

你失去优美步姿，它失去

叮当响声，看似满怀哀伤，

你长眠不醒，它随你死去。（8.58）

"杜鹃轻柔甜蜜的叫声，

天鹅迷醉懒散的步姿，

羚羊闪烁不定的目光，

蔓藤风中的摇曳姿态。（8.59）

"确实，即使你急于前往天国，

为我着想，留下这些优美品质，

但是，它们并不能承载我的

与你分离而痛苦沉重的心。（8.60）

"难道你不是已经决定，

让芒果树和蔓藤成亲？

你不应该没有为它俩

安排喜庆婚礼就离开。（8.61）

"你让这棵无忧树实现愿望，

即将开花，这些花本来应该

装饰你的头发，我怎么能够

将它们用作祭供你的花环？（8.62）

"这棵无忧树为你忧伤，撒下花朵，

犹如洒下泪雨，仿佛记得你赐予

踝环叮当的脚踢恩惠[1]，其他的树

1　意谓这棵无忧树得到这位王后的脚踢而开花。

难以获得，肢体优美的夫人啊！（8.63）

"你和我一起，用模仿你呼吸的

波古罗花[1]装点这条调情的腰带，

做了一半，尚未完成，你为何撒手

长眠？嗓音美似紧那罗的夫人啊！（8.64）

"女友们与你同甘共苦，

这个儿子如同一弯新月，

我忠贞不贰，即使如此，

你居然还是这样决绝。（8.65）

"坚定已失去，欢爱已消逝，

歌声已停息，季节无欢乐，

所有的装饰品已毫无用处，

如今，我只能面对这空床。（8.66）

"你是主妇、顾问和知心朋友，

也是通晓艺术的可爱女学生，

残酷无情的死神夺走了你，

请说，我还有什么没被夺走？（8.67）

"你一向吸吮我嘴上美味的

蜜汁，眼睛迷人的夫人啊！

怎么能喝送往另一世界的

祭水，已经被我的眼泪玷污？（8.68）

"即使有财富和权力，缺了你，

1　意谓波古罗花的芳香如同这位王后呼出的气息。

阿迦的幸福也算是走到了头！

其他的诱惑都不能吸引我，

我的一切欢乐完全依靠你。"（8.69）

憍萨罗王对爱妻发出的

这些哀悼，充满悲悯情味，

甚至使那些树木也沾满

树汁泪水，沿着树枝流淌。（8.70）

亲友们好不容易从他的膝上，

取走美丽的王后，放入火中，

以黑沉香木和檀香木为燃料，

以那个花环为最后的装饰。（8.71）

他没有跟王后一起，将自己

投入火中，不是出于珍惜生命，

而是考虑到会受责备："这个

国王出于悲伤，追随妻子死去。"（8.72）

十天后，睿智的国王

为只留下美德的爱妻，

在城中这个花园里，

举行了盛大的祭奠。（8.73）

缺少了王后，国王进入城中

看上去像夜晚消逝后的月亮；

他看到自己的哀愁仿佛涌动

在城中妇女们脸上的泪水中。（8.74）

这时，净修林中的老师正在

准备举行祭祀，沉思入定中
知道他陷入忧伤，萎靡不振，
便派遣一位弟子前来开导他：（8.75）

"牟尼知道你烦恼的原因，
但他现在尚未完成祭祀，
故而不能亲自前来这里，
将迷途的你带回正路。（8.76）

"品行优良的人啊！我带着
他的话，含有简要的信息，
勇气闻名的人啊！请听吧！
你要将这些话牢记心中。（8.77）

"因为他凭借无所障碍的
智慧之眼，在那位无生的
原人跨出的三步中[1]，看到
过去、现在和未来这三者。（8.78）

"从前，草滴仙人修炼
严酷的苦行，因陀罗
感到害怕，派遣天女
诃利尼破坏他的禅定。（8.79）

"这位天女向他展现迷人的
魅力，他因苦行受阻而发怒，
如同波涛冲垮平静的堤岸，
诅咒道：'你下凡人间去吧！'（8.80）

---

1 无生的原人指毗湿奴。跨出的三步指三界。

"她谦恭地说道：'我这人也是
听命他人，尊者啊，请宽恕我的
忤逆行为。'于是，他让她居住
在大地上，直至看到天国花环。（8.81）

"她出生在格罗特盖希迦家族，
长期成为你的王后，最终获得
从天上坠落的花环，那是解除
诅咒的原因，因此她昏迷死去。（8.82）

"因此，够了，不必再考虑
她死去的事，有生必有死，
请你关注这大地吧！因为
国王们都以大地为妻子。（8.83）

"繁荣时，你展现控制自我的
学问，避免他人指责你骄慢，
现在，你的思想陷入烦恼中，
那就依靠勇气，再次展现吧！（8.84）

"你哀悼哭泣，怎么能重新获得她？
甚至你随她而死，也不能获得她，
因为前往另一个世界，人们按照
各自业果，行进的道路并不相同。（8.85）

"驱除心中的忧伤，用供奉
祭品恩宠你的女主人吧！
人们说，亲人不断流淌的
眼泪会烧灼逝去的死者。（8.86）

"智者们说死亡是生物的
本性，生命只是它的变化；
纵然生物活着呼吸只有
一刹那，也肯定是有福者。（8.87）

"头脑愚蠢者认为爱人
死去是在心头扎下利箭，
而思想坚定者认为那是
拔去利箭，通向幸福之门。（8.88）

"如果得知自己的身体和
灵魂也是既结合，又分离，
请你说，与外界对象分离，
怎么会使智者烦恼忧伤？（8.89）

"你不应该像凡夫那样陷入
忧伤，优秀的控制自我者啊！
如果树和山都在风中动摇，
那么，这两者还有什么区别？"（8.90）

"好吧！"他表示接受思想高尚的
导师的话，送走那位牟尼，但是，
这些话在他的充满忧伤的心中
无法立足，仿佛又返回老师身边。（9.91）

这位说话真诚可爱的国王，考虑到
儿子年纪尚小，又勉强地度过八年，
经常观看与爱妻相似的种种形象，
在梦中享受与她相聚的片刻欢乐。（8.92）

据说，忧愁的矛尖刺破他的心，

犹如无花果树枝戳破宫殿露台，

他迫切追随爱妻，将医生们不能

治愈的这种致命病因视为福气。（8.93）

王子已受良好教育，能披戴铠甲，

国王便指定他按照规则保护臣民，

而他自己想要摆脱这个遭受病痛

折磨的身体住处，决定绝食而死。（8.94）

在恒河和萨罗优河水交汇的圣地，

他抛弃身体，立刻进入天神的行列，

与容貌比以前更加美丽的爱妻会合，

在天国欢喜园的快乐宫中游戏娱乐。（8.95）

（黄宝生　译）

《六季杂咏》秋季第三

秋天来了，宛如一位美丽可爱的新娘，

绽放的莲花是迷人的脸，迦舍花是衣，

天鹅激动的鸣叫如同脚镯声而可爱，

半熟的稻子是优美弯曲的苗条肢体。（1）

大地有迦舍花，夜晚有月亮，

河水有天鹅，池水有白莲花，

林区有花朵累累的七叶树，

花园有茉莉花，一切都变白。（2）

如今河流缓缓流动宛如多情的妇女，

河中游动的可爱小鱼如同她的腰带，

聚在水边的排排白鸟如同她的花环，

岸边宽阔的沙滩如同她圆圆的臀部。（3）

数以百计的云朵卸下了雨水，

洁白如同银子、贝螺和莲藕，

随风轻盈飘荡，天空看似国王，

有数以百计的拂尘为他扇风。[1]（4）

天空似成堆眼膏可爱迷人，

般杜迦花的花粉染红大地，

河岸地区布满成熟的稻谷，

世上哪个青年会不心生渴望？（5）

1　这首诗中，以天空比喻国王，以轻盈飘荡的云朵比喻扇风的拂尘。

可爱的枝条末梢在微风中荡漾，

那些柔嫩的芽尖绽放朵朵鲜花，

沉醉的蜜蜂吸吮着淌出的蜜汁，

这戈维达罗树怎会不令人心碎？（6）

秋夜日益增长，似少女日益成熟，

闪烁的繁星，犹如她优美的首饰，

破云而出的明月，犹如她的面庞，

皎洁的月光，犹如她身穿的绸衣。（7）

这些河流被莲花花粉染红，

那些鸭嘴断开连接的波浪，

岸边簇拥着灰鹅和仙鹤，

周围天鹅鸣叫，令人喜悦。（8）

月亮成束的光线赏心悦目，

洒下清凉的水雾令人高兴，

却更加猛烈烧灼那些妇女，

与丈夫分离如同身中毒箭。（9）

摇晃谷穗饱满沉甸的稻子，

舞动花朵盛开低垂的树木，

吹拂莲花竞相绽放的莲花池，

这风儿猛烈搅动年轻人的心。（10）

有成双作对热恋的天鹅而优美，

纯洁的白莲和青莲绽放而可爱，

清晨柔和的微风吹起道道涟漪，

这些水池突然间令人心生渴望。（11）

如今神弓¹彩虹消失在云中，
空中的旗帜闪电不再闪烁，
苍鹭不用翅膀之风扇动天空，
孔雀也不再翘首仰望天空。（12）

爱神离开不再翩翩起舞的孔雀，
走向甜蜜歌唱的天鹅，开花之美
离开迦昙波、古吒遮、阿周那、
娑尔遮和尼波树，走向七叶树²。（13）

舍帕利迦花香可爱迷人，
鸟群自由自在，婉转啼鸣，
周边的雌鹿眼睛似青莲，
这些花园令人心生渴望。（14）

时时吹拂白莲、日莲和睡莲，
与它们接触而变得更清凉，
又吹动沾在叶尖上的露珠，
这晨风令人心生强烈渴望。（15）

地面覆盖茂盛的稻子，
自由的牛群优美可爱，
天鹅和仙鹤交相鸣叫，
这些田野令人们喜悦。（16）

天鹅胜过妇女们优美的步姿，

1　神弓指因陀罗之弓，也就是彩虹。这首诗描写秋季的景象不同于雨季。
2　七叶树在秋季开花。

绽放的莲花胜过可爱的月亮脸，

青莲胜过那些含情脉脉的眼光，

纤细的水浪胜过挑动的眉毛。（17）

霞摩蔓藤嫩枝结满花朵而低垂，

可爱胜过戴满首饰的妇女手臂，

而新开的茉莉花和耿盖利花，

灿烂胜过明月似的露齿微笑。（18）

妇女们用新开的茉莉花，

戴在浓密鬈曲的黑发上，

又用各种各样的青莲花，

戴在金环闪光的耳朵上。（19）

如今妇女们满怀喜悦，用抹有

檀香液的项链装饰滚圆的胸脯，

用可爱的腰带装饰宽阔的臀部，

用美妙悦耳的脚镯装饰莲花脚。（20）

夜空无云，月亮和群星闪耀，

呈现莲花池绚丽多彩的美：

池中莲花盛开，白天鹅栖息，

池水闪烁青玉和珍珠光辉。（21）

秋天，风儿接触莲花而清凉，

四面八方乌云消失而可爱，

水流变洁净，泥土变干燥，

夜空月光清澈，群星璀璨。（22）

如今，阳光在清晨唤醒日莲，

绽放如同美丽少女的脸庞，

而在月亮下山后，晚莲闭合，

似爱人远行，妻子笑容消失。（23）

从青莲中见到美丽的黑眼睛，从天鹅

迷醉的叫声中见到叮当作响的金腰带，

从般度吉婆花中见到爱人甜美的嘴唇，

此刻远游的旅人思绪起伏，伤心落泪。（24）

可爱的秋天之美正在走向某处，

将月亮的光辉留给妇女的脸庞，

将天鹅悦耳鸣声留给珠宝脚镯，

将红花的鲜艳留给迷人的嘴唇。（25）

宛如充满激情的美女，可爱似晚莲，

脸似绽放的莲花，眼似绽放的青莲，

身穿洁白衣裳，如同新开的迦舍花，

愿这秋天让你们的心中无上快乐！（26）

（黄宝生　译）

婆磋跋胝

作者生平不详。

曼达索尔日神庙的这则铭文书写于公元四七三至四七四年（笈多王朝统治时期），是为了纪念重修陀莎补罗城（Daśapura，今印度中央邦曼达索尔镇）西部的日神庙。铭文中描绘了美丽的陀莎补罗城、丝织工行会、统治者的美德、日神庙的初建与重修，还有寒季与春季的风景。文学风格与迦梨陀娑的创作一脉相承，交相辉映。

译文依据的底本是 *Corpus Inscriptionum Indicarum*，Vol. III，1981 年修订本，第 35 则录文（第 322—332 页）。

曼达索尔日神庙铭文

成功！[1]

追求长存的诸神与求神力的众悉陀，
一心禅定、克己、求解脱的瑜伽士，
严守苦行、擅咒诅与赐福的诸牟尼，
虔敬那世界生灭之因，愿日佑汝等！（1）

通晓真谛的婆罗门仙无法探其全貌，
阳光普照滋养三界，施恩于虔信者，
乾闼婆、悉陀、紧那罗、神人[2]齐赞，
向世间的推动者莎维德利[3]致以敬意！（2）

从东山王的高峰洒下光辉，
每日光熠熠，以光彩为饰，

---

1 第一、二颂是虎戏调（Śārdūlavikrīḍita，十九音节／音步），三、五、六、十一、十四、十八、二十、二二、二五、二六、三十至三二、四十是春吉祥志调（Vasantatilaka，十四音节／音步），四、十三、二一、三三、三八、三九、四一、四二是阿利耶调（Āryā，以音长为计量单位，短音节为一个音长，长音节为两个音长，四个音步一般分别为十二、十八、十二、十五音长，也有变体，但第一、三音步基本上都是十二音长），七至十、十二、十七、二四、二六、二八是乌波阇帝调（Upajāti，十一音节／音步），十五是疾迟调（Drutavilambita，十二音节／音步），十六是母鹿调（Hariṇī，十七音节／音步），十九、四三是有鬘调（Mālinī，十五音节／音步），二三是竹立调（Vaṃśastha，十二音节／音步），二九是缓进调（Mandākrāntā，十七音节／音步），三四至三七、四四是阿奴湿图朴调（八音节／音步）。

2 "神人"：即天神与人类。

3 "莎维德利"以及下一颂中的"毗婆薮"都是日神的别称。

如醉酒女子的双颊泛红晕，
愿灿烂的毗婆薮护佑汝等！（3）

繁花压枝的美丽树木、
神庙、会堂、精舍为拉吒增光，
还有植被茂盛的大山，
那地区曾住着举世闻名的巧匠。（4）

他们倾慕王化，心生崇敬，
不顾旅途上明显诸多不便，
毅然携家带口，呼朋引伴，
动心起念来此陀莎补罗城。（5）

醉象颞颥的汁液滴落山石，
成千山峰成为大地的装饰，
花冠低垂的树丛是其耳环，
这城逐渐成为她的吉祥志。（6）

那里山坡上落英缤纷，
飘到岸畔，流水生辉。
池塘中有成群的野鸭，
还装饰有盛放的红莲。（7）

一处，池中莲花绚烂，
由于花蕊重负而低垂。
水中的涟漪轻摇莲花，
飘落的花粉染黄天鹅。（8）

那里，处处园林之中，
高大树木被繁花压弯，

迷醉大胆的蜂群嗡鸣,

城中的女子漫游其间。(9)

那里家家有娇妻相伴,

皎洁巍峨,旗帜招展;

仿佛是那洁白的云峰,

伴随着一道道的闪电。(10)

又有屋舍如吉罗娑峰山巅,

有长长的阁楼,还有阳台,

回荡天乐之声,满绘壁画,

摇曳的芭蕉林为其添光彩。(11)

那里屋舍如满月清辉,

又似一排排天宫馆阁,

仿佛劈开平地而矗立,

成排的楼阁为其增色。(12)

可爱双河蜿蜒流淌过,

悄悄地环抱城邑,令其生辉,

犹如丰乳普利蒂、罗蒂[1],

偷偷地拥抱丈夫爱神的肢体。(13)

婆罗门有仁信,克己平静,

守誓纯洁又持戒,勤诵习,

坚毅、谦逊、明智修苦行,

照耀城邑,犹如明星丽天。(14)

---

1 普利蒂(Prīti,意为“爱悦”)与罗蒂(Ratī,意为“悦乐”)是爱神的两位妻子。

那时他们经常举行集会，

由此友爱持续日日增益；

被国王如待子嗣般爱护，

他们幸福安乐地居城里。（15）

有些人擅长悦耳的乾闼婆的天乐，

有人诵成百传记，有人熟谙故事，

有人守戒律，有人专注坚守正法，

也有些人善辞令，语言温雅得体。（16）

有些人恪尽自己本业，

也有自制者通星相学，

还有人在战斗中英勇，

到今天尚能痛击仇敌。（17）

智者们都出身于名门望族，

行为不堕家风，身貌可意；

有人重信守誓，乐善好施；

还有人满怀信任结下厚谊。（18）

另有人控制感官享乐而守法，

温柔，内心高贵，世事洞达，

摆脱贪欲，成为家族吉祥志。

如此种种高行，行会才光大。（19）

即便年轻俊俏、如仪装饰：

戴金项链、簪插蒟酱花朵，

不穿全套丝绸制作的华服，

女子就无法获得极致美丽。（20）

他们制作的丝织华服，

色彩斑斓，内里花样繁复，

赏心悦目，触感精妙，

由此而装饰了这整个大地。（21）

持明女的鲜花耳饰随风舞，

而世间比之更加摇摆不定，

人身财富也一样，念及此，

他们坚定着意于精神纯净。（22）

四海水是大地腰带摇曳，

须弥山吉罗娑是其丰乳，

林中吐蕊之花是其微笑；

当童护统治这大地之时[1]，（23）

有王名万铠，护子民，

智慧如修迦罗与祭主，

英勇善战又如阿周那，

是大地上诸王的装饰。[2]（24）

一心怜贫，施恩于穷困者，

满怀慈悯，是孤寡者依怙、

满足求告者心愿的如意树、

民众之亲，施怖畏者无畏。（25）

1　童护（Kumāragupta）是笈多王朝的君主，下一颂的万铠是臣服于笈多王朝的地方王公。

2　修迦罗（Śukla）是众阿修罗的导师，祭主是众天神的导师。“装饰”是梵语文学中常见的比喻，意为最优秀者。对万铠（Viśvavarman）品质的歌颂突出其惠及“万”民。

其子亲铠王坚毅贤明，

友于亲戚，除其痛苦，

对待子民也如同亲人，

最擅摧毁敌人的傲慢。（26）

年轻英俊，善战又守律仪，

身为国王，却无骄矜等过。

即便不装扮也如艳情化身，

形似第二位以鲜花为弓者[1]。（27）

敌人之妻的美目曼妙，

他使其深受寡妇之痛；

至今想起他来仍惊颤，

她们的丰乳随之抖动。（28）

这位隆肩、高贵的王牛亲铠治世[2]，

陀莎补罗城理所当然地繁荣蓬勃；

技艺精湛、富足的丝织匠结行会，

为日神修建起壮丽无伦比的宫舍。（29）

屋顶宽敞高大，如同山峰，

又如月升后的清辉般皎洁，

又似西城镶嵌的美丽顶珠，

令人赏心悦目，熠熠生辉。（30）

---

1 "鲜花为弓者"即爱神。对亲铠（Bandhu-varman）品质的歌颂突出其名字
   中的"亲"字，对亲族友爱，待子民如亲人。
2 "王牛"即英勇、杰出的国王。

此时，美妇、内室、阳光、

火光悦人心；月光、露台、

檀香、多罗扇与珠链无益；

鱼儿沉水中，莲花遭霜打。[1]（31）

罗陀罗，还有波利扬古树，

以及素馨藤尽皆绽放花簇，

引蜜蜂欢鸣；杨桃等树枝，

在携霜雾的凛冽风中起舞。（32）

霜雪落下，欢情不减，

落入爱神掌控的青年恋慕心上人，

与她们紧紧依偎相拥，

其大腿、酥胸与腰臀美丽又丰满。（33）

根据马腊婆纪年，

历年四百九十三，

时令即在此寒季，

享受丰满酥胸时。（34）

报沙月之白半月[2]，

吉日正在十三日，

奠基典礼履如仪，

1　"此时"即初建日神庙的时间，亦即寒季，可与迦梨陀娑的《六季杂咏》
对比阅读："这时，窗户紧闭的/内室、火焰、阳光、/厚衣服和青年女子，/
成为人们心中所爱。/月光般清凉的檀香，/秋月般明净的露台，/霜雪般
凉爽的清风，/如今皆不惹人喜爱。"参见黄宝生译，《六季杂咏》，中西书
局，2017 年，第 31—32 页。

2　根据《大唐西域记》的记载，报沙月为渐寒第二月，为十月十六日至十一
月十五日。

神庙便已告落成。（35）

许多时日已流逝，
历经其他诸国王，
神庙一角已倾颓，
如此状况直到今。（36）

为让己身增令名，
高尚行会诸工匠，
重修整座日神庙，
极为壮丽焕然新。（37）

神庙洁白、极为高峻，
重重屋顶悦人意，似触及天穹；
当月亮和太阳升起时，
成为接纳清净无瑕光线的容器。（38）

五百二十九年已逝去，
可爱的颇勒窭拏白半月第二日[1]，（39）

无忧树、盖多迦、黄荆木、
轻轻摇晃的阿底目多迦藤、
茉莉尽皆开花，鲜艳夺目，
爱神弯弓、搭花箭而现身。[2]（40）

---

1 在表达数字时，梵语比较繁琐，此处译成汉语仅有半颂篇幅。颇勒窭拏月
 为冬春交接的月份，根据《大唐西域记》的记载，为十二月十六日至正月
 十五日。这是重修神庙的时间。

2 "爱神"：梵语 hara-pūta-dehe，直译为"被诃罗净化身体者"。在神话中，
 湿婆以额上第三只眼焚毁爱神的身体，诃罗即湿婆的别号。爱神以鲜花为
 箭。春季将临，百花盛放，正是爱神登场之时。

此时蜜蜂欢喜吮花蜜，

在那伽纳树一枝大杈上嗡鸣；

罗陀罗树鲜花正盛放，

重重叠叠，参差不齐显美丽。（41）

犹如明净天空月为饰；

又如弓箭手毗湿奴的胸膛上，

以乔斯杜跋宝石[1]为饰；

整座城市以美丽神庙为华饰。（42）

当伊舍褐色的苦行者发髻上，

永远有突起的无瑕月牙相伴，

弓箭手肩上悬挂绝美莲花鬘，

这座壮丽的神庙也长存永远！[2]（43）

受织工行会之托，

复以己身之虔敬，

婆蹉跋胝勤勉力，

造日神庙与铭文。（44）

愿作者、书者、诵者与听众皆获成功！

（范晶晶　译）

1　乔斯杜跋宝石：从乳海中搅出的宝石，归毗湿奴所有，常被佩戴在他胸前。
2　"伊舍"是湿婆的称号，他的发髻上有一弯月牙。"弓箭手"即毗湿奴，他的肩上总是悬挂花鬘。

戒日王

　　戒日王（五九〇年至六四七年）是印度历史上的著名君王，梵语文学史上杰出的诗人和剧作家，也是中印交流史上的重要人物。玄奘西游，适逢其盛世；王玄策、蒋师仁访印，遭遇他崩殂。公元七世纪，印度的戒日王、大唐高僧玄奘、中国的唐太宗这三位在中印交流史乃至印度和中国各自历史上赫赫有名的人物神奇而确凿地联系在一起。由此可见戒日王在中印两国的历史、文学等研究中的重要地位。戒日王共留下二百余首诗歌，大部分见于他的梵语戏剧《妙容传》《璎珞传》《龙喜记》，多以爱情为主题，也有一些宗教题材的诗歌和叙事诗，兼具情感细腻的帝王诗作与七世纪印度文学的独特魅力。

　　《妙容传》(*Priyadarśikā*，四幕剧）是取材自优填王（犊子王）传说的宫廷喜剧（nāṭikā），讲述盎伽国公主妙容化名为林妹入宫后与优填王的爱情故事，在梵语戏剧史上第一次运用"胎戏"（garbhanāṭaka 或 garbhāṅka，即"戏中戏"）的表现手法，并在"胎戏"中到达全剧高潮。《璎珞传》(*Ratnāvalī*，四幕剧）同样是取材自优填王传说的宫廷喜剧，讲述僧伽罗国公主璎珞化名为海妹入宫后与优填王的爱情故事。《璎珞传》严格遵循梵语戏剧理论，情节构思精巧，语言生动优美，是戒日王最成熟的作品，成为后世文论中引用的典范。

这里选取《妙容传》诗十八首，译自卡勒（M. R. Kale）的编订本（*Priyadarśikā of Śrīharṣadeva*，Motilal Banarsidass，1999）；《璎珞传》诗二十三首，译自卡勒的编订本（*The Ratnavali of Sri Harsha-Deva*，Booksellers' Publishing Company，1964）。

《妙容传》诗节选

祭火上腾起的烟迷离了她的双眼，

顶饰月亮[1]的光辉又让她满目喜欢；

眼巴巴将情郎端详，却因为梵天[2]

也在场，又羞答答地低垂了脸庞；

趾甲似月如镜，照见诃罗的发髻[3]

托起了恒河女神，她不禁心生嫉妒；

婚礼上与湿婆执手[4]，又令她身毛直竖[5]、

心花怒放！愿高利女神赐你们吉祥！ （1.1）

当盖拉瑟山被十首魔王连根拔起[6]，周身颤抖；

当栖息在山间的半神谑挐们[7]惊奇讶异地探出头；

那时候年幼的六面童[8]一头扎进了母亲的怀里；

就连湿婆佩戴的毒蛇装饰也怒不可遏瞪起圆眸；

湿婆抬起他那如柱神足，将盖拉瑟山踏回原处，

---

1 湿婆以月亮为顶饰，下一颂诗中还提及他以毒蛇为颈饰。

2 梵天是湿婆与高利女神结婚仪式上的主婚人。新娘在婚礼上见到新郎之时的炽热情感因第三人的在场而无法自由表达，只得以羞涩掩饰。高利女神即波哩婆提，也称雪山女神、乌玛。

3 诃罗是湿婆的称号之一。湿婆用发髻托住了从天而降的恒河。恒河女神遭到诅咒下凡人间，被湿婆的发髻接住，缠绕多年无法离开，直到湿婆抖抖发髻，释放出了恒河的七条支流。故而恒河女神亦被认为是湿婆的伴侣之一。

4 婚礼仪式的重要部分为新郎用右手执新娘右手围绕祭火旋转。

5 常用于描写被爱人爱抚时的狂喜或对爱欲的渴望。

6 十首魔王罗波那（Rāvaṇa）曾举起盖拉瑟山（Kailāsa）。

7 谑挐：梵文 gaṇa，又名"捣乱者"（pramatha），一类半神的统称，湿婆的侍从，由湿婆之子迦内什（Gaṇeśa，即"谑挐之主"，又名象头神）掌管。

8 六面童：湿婆的另一个儿子，又名鸠摩罗、吉迦夜、室建陀。

又将十首魔王罗波那狠狠踩进了地狱的最深处！
湿婆虽然愤怒却满心欢喜，因惊魂未定的乌玛
紧紧偎依着他的身体！愿如此的湿婆保护我们！（1.2）

这时刻宫娥如云，国色天香，用喜庆吉祥布置您的浴场：
浴巾、浴袍、油膏、熏香，戏水的浴具完全准备停当；
姑娘们倦意浓浓丝衣落，掩不住酥胸的美丽光芒，
仿佛在用另一些翘立的金水罐，来装点这浴场！（1.11）

银鱼跳跃的池水仿佛遭受太阳光芒的炙烤而沸腾；
雄孔雀无心起舞嬉戏，张开华盖一般的沉重尾翎；
小羚羊渴望树坑的残水，一头钻进了树木的影轮；
大黑蜂逃离大象的颞颥，在它的蒲扇耳垂边藏身。（1.12）

此时此刻，我的灵魂渴望见到我的爱人——
她形容憔悴，香消玉减；仅佩戴着吉祥的装饰；
说起话娇喘吁吁；面容苍白，却胜过拂晓月明；
因持斋守戒而满怀相思，仿佛初次相爱的情景。（2.1）

舍帕利迦花茎飘洒的石板，像覆盖着碎珊瑚那般明艳；
七叶树花的芳香，霎时间产生了大象颞颥汁液的错觉；
蜜蜂群舔舐盛开的莲花汁，粘满花心跌落的莲花粉团，
如同涂了厚厚的金黄香膏，醉醺醺哼唱着隐约的歌谣。（2.2）

这明媚的池塘仿佛花园女神的眼睛，
因拥有怒放莲花的美丽而楚楚动人，

正在用她姣好的容颜和深情的目光[1]

愉悦着我的心！（2.5）

哎呀！你！不要害怕！胆怯生生的姑娘！

大黑蜂群贪恋芬芳，才会落你莲花脸上；

若你睁圆狭长的眼睛，惊恐而顾盼不定，

绽放蓝莲丛的美丽，他们何忍与你分离？（2.8）

这一蓬红莲花丛，虽然

花容紧锁，却花刺直竖[2]；

仿佛讲述着被她娇柔的

嫩芽手周身抚摩的幸福！（2.9）

白日悠光远去，带走红莲丛的美丽，

仿佛最亲爱的姑娘，转身离我而去；

日轮中荡漾的火红更加明艳，宛若

炽热燃烧的激情[3]，在我的灵魂里；

我像一只落单的轮鸟，苦苦思念着

自己的伴侣，呆呆伫立在莲花池畔；

突然间，黑暗从大地四面八方升起，

就好像排山倒海的暗夜，将我吞噬！（2.10）

1　这一颂中，池塘（dīrghikā）被喻为花园女神的眼睛（dṛṣṭi）。梵文 darśana 一词双关，既可指"（池塘的）美丽形象"或"（女神的）美貌"，又可指"（女神的）目光"。

2　双关，梵文 kaṇṭakita，既意为"带刺的"，又意为"（因为欢喜）身毛直竖的"，常用于描写被爱人爱抚时的情景，与爱欲相连。

3　双关，梵文 rāga，意为"红色"或"激情"，既指"（日轮中的）红色"，又指"（我心中的）激情"。

当高贵的天鹅王[1]看见天空密布着浓云锁链[2]，

他渴望带着天鹅王后前往心湖[3]自己的家园；

当王中天鹅犊子王凝望高墙阻隔的监狱穹顶，

他梦想带着心爱的姑娘回到心驰神往的故乡。（3.8）

虽然你顾盼温柔，却有着通红的眼眸；

尽管你言语甜蜜，却字字哽咽颤抖；

你压抑急促的喘息，却被起伏的乳峰暴露；

就算你强忍愤怒，我也看得清清楚楚！（3.13）

为什么紧锁的乌眉爬上明月般的前额，留下错误的沟痕？

为什么好似风中摇曳的正午红花[4]，是这频频颤抖的朱唇？

纤细的腰肢啊，被剧烈起伏的浑圆乳房再次压弯！

请抛弃你的愤怒！我表演这出戏正是为了征服你的心！（3.14）

这一个乌眉锁紧，怒气冲冲，珠汗凌乱，越发吓人；

那一个蓝莲眼睛，胆战心惊，小鹿乱撞般彷徨不定；

就像我打量着跟前的王后和心上人儿的两张面容，

我仿佛栖身于狭窄的夹缝，又是惴惴难安，又是悠悠心动！（3.15）

1　双关，梵文 rāja（王）-haṃsa（天鹅），既可解为"王天鹅""高贵的天鹅之王"，又可解为"王中天鹅""国王中之优秀者"，指剧中男主人公犊子王。犊子王，本名优填（Udayana），是北印度十六古国之一犊子国（Vatsa）的国王，故称犊子王（Vatsarāja）。

2　双关，梵文 ghana（云；结实的，坚硬的，沉重的）-bandhana（束缚，锁链；监狱，高墙）-saṃruddham（被覆盖的；被阻挡的），既可解为"被云的锁链覆盖的"，又可解为"被结实的高墙阻隔的"。梵文 gagana，原意为"天空"，也可指"（监狱的）穹顶"。

3　双关，梵文 mānasa（心湖；与思想有关的，心中的），既指"盖拉瑟山（kailāsa）上名为 mānasa（心湖）的湖泊"，雨季来临之时天鹅群会在这里栖居，又指"心中的、心向往之的地方"。

4　正午红花，梵文 bandhujīva，又作 bandhujīvaka，即般杜迦花（bandhūka），树茎笔直，花鲜红色，正午开放，次日清晨凋谢。

难道要厚颜无耻挡在她身前大笑着拥她入怀间？

又或者编织起成百上千蜜语甜言各种讨她喜欢？

还是高高掬起双手，俯伏在她的足尖？我的天！

我真的真的不知怎样才能让亲爱的王后开心颜！（4.1）

缘何弃座？着实不必如此恭敬待我！

为我仓促起身并不安妥！腰肢纤柔的王后！

朝这个人哪，丢一瞥明媚眼神的恩赐就已足够！

又何苦要毕恭毕敬地令他蒙羞？（4.2）

明眸善睐的姑娘！你不再愁眉紧锁，却哭得寸断肝肠；

你的双唇不再剧烈地颤抖，却声声叹惋，阵阵心伤；

你不言不语也不回答，只花容低垂，陷入沉思；你的愤怒

含而不露又如此温柔，刻骨铭心地伤害了我，却留下隐秘的伤口。（4.3）

红莲花蕾满擎蜜汁，馥郁香浓，

大黑蜂儿前去啜饮，渐飞渐近；

突然之间天降霜雪，灼伤蓓蕾，

满怀的希望落空，只因多舛的命运！（4.8）

（张远　译）

《璎珞传》诗节选

为敬奉湿婆大神，雪山女神踮起了足尖，

她那浑圆的乳房却一次又一次将腰肢压弯！

行走在三眼神[1] 脉脉含情的目光里，她不禁

汗涔涔身毛直竖，羞答答浑身惊颤！ [2]

纤纤玉手掬起的鲜花，

本应安放在湿婆的头顶，

却不觉滑落在两人中间！

愿这捧鲜花保护你们！ （1.1）

愿大神湿婆保佑你们！愿大神黑天庇护你们！

愤怒的雪山之女和吉祥天女曾对他说：

（雪山之女对湿婆说）过去，由于我的原因，

你摧毁[3] 了爱神[4]；卑鄙无耻的人！

你怎么能在我眼前缠绕住

1　湿婆有三只眼睛，故"三眼"常代指湿婆。此处 locana（眼睛）-traya（三）-patha（道路），指"在湿婆三只眼睛的注视下"。

2　此处描写波哩婆提的羞涩，使用了八种"真情"之中的三种：汗毛竖起、出汗和颤抖。"瘫软、出汗、汗毛竖起、变声、颤抖、变色、流泪和昏厥，传统认为这些是八种真情"。参见黄宝生编译，《梵语诗学论著汇编》（增订本），中国社会科学出版社，2019 年，第 60 页。

3　双关，梵文 mathana，意为"毁灭"或"搅拌"，既指"摧毁（爱神）"，又指"搅拌（大海）"。天神搅拌乳海之时获得了十四件珍宝，其中之一便是吉祥天女。黑天即指大神毗湿奴。在搅拌乳海之时，毗湿奴化身为一只神龟，托起了作为搅棒的曼陀罗山。

4　双关，梵文 makara（摩羯鱼）-dhvaja（旗帜），意为"以摩羯鱼为旗者"，既指"爱神"，又指"大海"。

支流浩瀚的恒河女神[1]？

嘿！去引诱那装腔作势的

女子吧！青颈！请放开我！[2]

（吉祥天女对黑天说）从前，为了我的因缘，

你将大海搅拌；寡廉鲜耻的人！

你如何能在我的眼前怀抱

一个枝枝蔓蔓的轻浮女伴？

嘿！去找那狡猾刁钻的女子吧！

别搂住我脖颈，黑天！（1.2）

湿婆神朗声大笑，向女神娓娓述说

他是如此这般、将陀刹的祭祀阻挠[3]：

熊熊的怒火点燃了炯炯的目光三道，

直击那三堆祭火，霎时间火尽烟消；

半神们蜂拥而起，将祭司的束发带扯掉，

祭司们惊恐万分，披头散发地跌倒；

---

1 双关，梵文 bahu（众多）-mārga（支流；道路）-gā（走），意为"众多歧路、支流者"或"弯曲、不检点、轻浮的女子"。前者指"恒河女神"。恒河因拥有流经天国、人间和阴间的三条支流而被称作 tri（三）-patha（道路）-gā（行走）（"有三条支流者"）。后者指"驼背女侍"（Sairandhrī）。据卡勒注释，驼背女侍是刚沙王丑陋伛偻的侍女。一日罗摩和黑天路过，看到驼背女侍准备为刚沙王奉献香膏，二人就询问她能否将香膏赠与他们。驼背女侍将香膏涂抹在二人身上。黑天大喜，治愈了她的驼背并赐她美貌，她也因此爱上了黑天。

2 双关，梵文 kṛṣṇakaṇṭhagrahaṃ muñca，既可解为 kṛṣṇakaṇṭha（青颈，湿婆称号）grahaṃ（抱）muñca（松开），意为"青颈！请你放开（我）"，又可解为 kṛṣṇa（黑天）kaṇṭha（脖子）-grahaṃ（抱）muñca（松开），意为"黑天！请你不要抱着（我的）脖子"。湿婆曾因拯救世界而吞下剧毒，剧毒将湿婆的脖颈染成了青黑色。

3 湿婆之妻萨蒂（Satī）的父亲陀刹（Dakṣa）在举行盛大祭祀时，并未邀请女婿湿婆和女儿萨蒂出席。萨蒂劝说湿婆前往父亲的祭祀，二人却受到了羞辱。萨蒂怒而投入火焰，转世为波哩婆提。湿婆为了复仇，破坏了陀刹的祭祀。

陀刹刚开始念诵赞词，他的妻子却哭得伤心，

天神们逃得无踪无影；愿湿婆大神保护你们！（1.3）

以鲜花为武器的爱神

派遣他亲爱的使者——南风[1]，

吹开了芒果花蕾满树；

松弛了骄矜女郎高傲的牢笼。（1.13）

年轻的姑娘渴盼与爱人团圆，

让无忧花[2]和波古罗花[3]盛开；

她们眼巴巴、香消玉减，

急煎煎、不能再等待！（1.14）

先是春月[4]让人们的心

变得无比娇嫩、柔软，

继而爱神趁机用花箭

将它们射穿毫无阻拦！（1.15）

浓密华丽的卷曲发辫儿，低垂又凌乱，

仿佛依依不舍，抛弃精心编织的顶饰花环的娇艳；

1　南风：梵文 dakṣiṇa（南）-pavanaka（风），南方吹来的风，或摩罗耶山
　　（Malaya）吹来的风，清凉柔和又带着檀香木的芳香，常用来象征春天的
　　到来，并被喻为是爱神的信使。

2　无忧花：梵文 aśoka，树木高度适中，开红花。传说年轻姑娘用脚踢踹，
　　可以让无忧花绽放。

3　波古罗花：梵文 bakula，醉花，又名 kesara，树木高大，树叶深绿，开浅
　　褐色或白色的小圆花，气味甜香。传说年轻姑娘口中含水或酒喷洒，可以
　　让醉花绽放。

4　春月：梵文 madhu（春）-māsa（月），指春天中的某月，也可代指孟春节
　　或爱神狂欢。

双足佩戴的一对踝环，¹

好似不情不愿，发出倍加高亢的"嘶嘶儿"呼喊；

玉颈悬挂的璎珞珠串，因她步履蹒跚而摇摇摆摆，

像是悲从中来，一刻不停地敲击着她柔软的胸怀；

酒醉微醺的游戏女郎，宛若历经磨难，

不觉浑圆的乳房将纤细的腰肢压弯。（1.16）

东边儿的那片儿天，泛着银白色的光芒，

出卖了将升的月亮，躲在东山的山坡上；

就好像美丽的女郎，用她那苍白的脸庞，

暴露了亲爱的情郎，在心中悄悄地隐藏。（1.24）

心爱之人，咫尺天涯，难以企及；

羞愧不已，好似大石，重压在心；

任人驱使，身不由己，飘摇无依；我的好姐姐！

这爱情并不公平！没有更好的归宿，除却一死！（2.7）²

恋爱中的曼妙女，被爱神的花箭射中，

承受难忍的伤痛，向面前的女伴诉说；

却常被孩童、八哥、百舌鸟牙牙学舌——

幸运的不速客恰巧听到了这心中的歌！（2.8）

当造物主梵天用前所未有的

月圆做成了她的满月脸，

他反倒因为自己的宝座莲花

---

1 双关，梵文 pāda（足）-lagna（附着，抱住），既指"双足佩戴的"，又指"抱紧双足（如同哀求）"，喻称踝环仿佛扑倒在她的脚下，抱住她的双脚，哀求她不要跳得这样奔放。

2 这一颂重复 2.1 的诗颂。

不再盛开而坐立不安！ ¹（2.10）

托着她滚烫的圆臀和双乳，莲叶床两边被烤得干枯；
然而中间依然嫩绿如初，因为没跟她的小蛮腰接触；
娇弱的手臂好似藤蔓，摇摇摆摆把床铺弄乱；
这莲叶床娓娓诉说着纤柔女子啊相思的火焰！（2.13）

莲梗璎珞啊莲梗璎珞！你从水罐般饱满的
一双乳峰间掉落，何须令自己枯萎、干涸？
你难道还不知道么？那里呀就连莲梗上的
一根细丝儿都挤不进，哪里还能将你容得？（2.15）

若我说"开心点儿、笑一笑"，这不对，你并没有显得气恼；
若我说"今后不会再这样做"，那便是承认罪过、俯首讨饶；
若我说"其实不是我的过错"，你一定知道这也是一派谎言；
我最亲爱的人儿！这时我真不知该怎样说才好！（2.20）

尽管乌眉刹那间紧锁，她只是深深低垂着头；
向我倾吐令人心碎的笑容，刻薄的话儿却是一句也不说；
强忍泪水蒙眬了眼睛，但是并没有圆睁双眸，
这可爱女子带着显而易见的怒火，却未抛弃体贴和温柔！（2.21）

爱神产生自人们的思想，
他的花箭不过区区五支，
我们这样的人不计其数，
统统被五支箭紧紧对准；
世界上这事情众所周知，

---

1 梵天以莲花为宝座。诗人称莲花在夜晚闭合；她那没有阴晴圆缺的满月脸
令梵天的宝座莲花立刻收起了花朵，使梵天无处安坐。

如今爱神你却背道而驰——

恋爱中人被无数箭雨击中无力抵挡，

因你而沦为"五大"地、水、火、风、空[1]！（3.3）

一想到"我的独轮车[2]在大地上奔波，驶过漫漫长路，历经旅途

　　坎坷，

恐难在黎明时分启程！"尊贵的太阳忧心忡忡，斜卧在西山

　　顶峰；

黄昏新娘舐去他的光芒，只剩下一溜金光；排列成金色的辐轮，

悬挂在地平线上；太阳引着四方之轮[3]回家，如同自己新的车驾！

　　（3.5）

"我要走了！莲花眼！已到我约会的时间！

熟睡的你，正该在我的呼唤中醒来！"

太阳朝着水中的睡莲[4]喁喁私语着滑向西山[5]，

仿佛对持莲花的女子说着轻柔爱抚的语言；

将温暖的光芒[6]照射在暮色苍茫的西山之巅[7]，

宛若用手臂抚摩在女子低垂的顶冠。（3.6）

冷月是你的脸蛋，蓝莲是你的双眼，纤手好似红莲，

手臂宛若莲梗，盈盈玉腿仿佛芭蕉嫩芽一般！

妙身带来欢喜的女子！请不要犹豫！快快前来！拥抱我、如疾风

1　"地、水、火、风、空"是五大构成生命的元素。回归"五大"即死亡。

2　独轮车：指太阳的马车。

3　四方之轮：即"方向之轮"，指地平线。此处喻指太阳的另一辆新的独轮车。

4　双关，梵文 saro（水）-ruhiṇī（生），既意为"莲花"，又意为"手持莲花
　　的女子"。莲花在晚间闭合，莲花眼的姑娘也在熟睡之时闭上了莲花眼。

5　双关，梵文 pratyāyanā，既意为"（太阳）落山"，又意为"劝慰，安抚"。

6　双关，梵文 kara，既意为"光线"，又意为"手"。

7　双关，梵文 asta（西山，日暮；低垂）-mastaka（顶），既可意为"日暮之
　　山西山的山顶"，又可意为"低垂的头顶"。

骤雨！

爱神¹ 拿无形的烧灼折磨我忧郁的肢体，请将它们好生慰藉！

（3.11）

王后！我实在羞愧万分！我要用额头

擦去你玉足上紫胶虫彩²的殷红，

却擦不去你花容月轮泛起的愤怒红晕，

除非你将宽容和怜悯置于我身！（3.14）

藤索套住你的脖子，我生命的全部

气息都提到了嗓子；亲爱的女子！

请将轻率鲁莽丢弃！我拼尽了全力

救你，其实只是在救——我自己！（3.16）

够了！够了！请停止这些轻率鲁莽的言行！

哎呀！快将这藤索丢掉！我的生命之主啊！

用手臂藤索抱住我脖颈，只一小会儿就好，

来留住我这残生，因它已风雨飘摇！（3.17）

生命的全部气息，请如我所愿离开这愚钝的

身体！唉！你们聪明伶俐，请听从我的言语！

若你们不快走开，现在就会被夺去！因为

这位步态如贵象的女子，此时已离我远去！（4.3）

（张远 译）

---

1 双关，梵文 anaṅga（爱神；无形的）-tāpa（灼热，痛苦），既意为"爱神带来的痛苦"，又意为"无形的灼热"。

2 紫胶虫彩：梵文 lākṣā，使用一种名曰"胭脂虫"的鲜红色昆虫制成的红颜料，又名"紫胶"或"虫胶"。古代印度女子常用这种颜料涂红脚底，有时还用作唇彩。

妙语选集

　　从奥义书时代以降，"业报"观念便成为印度文化中的重要组成部分。为了偿还前世之业，为了在来生获得好的果报，必须在今生摒弃恶行、乐善好施。这样，就产生了大量教诫性的格言、谚语等，遵循一定的格律，使用譬喻、隐喻等修辞手法。这些形象生动的诗句大部分都属于口头传统，并散见于各种文献。从内容上看，既有抽象的说理性的内容，也有对自然、社会生活的描摹。

　　大约在公元初期，教诫说理的诗句便开始被结集。这些诗句被称为"妙语"（subhāṣita），而相关的选集则被称为"妙语集"（Subhāṣitasaṃgraha）。十世纪以降，越来越多的人认识到"妙语"既可用来教导生活的智慧、正确的行为，又可训练文学素养与品位。于是他们将教诫性的警句与一些描述景色或情绪的优美诗文汇集成编；既有来自佚名作者的民间格言，也有摘选自梵语文学名家的佳句。自此以后，出现了大量妙语选集，尤其在十七世纪广泛涌现。经过粗略的统计，历史上曾存在过大约二百种此类选集，只有少数几种被编辑整理出来。尽管选集众多，但由于基本上都来源于同一个口头与文献传统，故而内容大同小异。

根据编选者的不同，诗歌选集的编排顺序可能会有所差异，主要有两种编排方式。一是根据"人生四义"来安排诗歌顺序。所谓"人生四义"，即印度教所设定的人生四大目的："法、利、欲、解脱"，遵循正法、追逐利益、享受欲乐与寻求解脱。伐致呵利（Bhartṛhari）的《三百咏》（Śatakatraya）即遵照这种编选原则:《世道》（法、利）、《艳情》（欲、利）、《离欲》（法、解脱）。二是根据自然山川、六季景色、女性之美、爱情的悲欢离合等诗歌主题来进行编排，最早的梵语妙语选集——十二世纪明藏（Vidyākara）的《妙语宝库》（Subhāṣitaratnakoṣa）便是如此。

由于妙语选集的灵活性与包容性，编选者可以从传统文献中任意选取相关的美文、诗句，撰集成书。故而直到现代，还依然不断有新的妙语集问世，甚至作为梵语教材供教学之用。此外，因其短小精悍、言简意赅，有些妙语集在历史上曾被译为藏语、爪哇语等，在受印度文化影响的东南亚国家广受欢迎。

《三百咏》节选

　　关于《三百咏》的作者伐致呵利其人，我们所知甚少。即便是他的生活年代，学者们也意见不一，大多数将其定在公元一世纪至公元五世纪之间。根据一些诗歌的声气口吻，他大概是一位贫穷而有傲骨的婆罗门。而有的学者通过唐代高僧义净的记载，认为他是一位佛教徒兼语法学家，另一些学者则认为义净所记别有其人。从一开始，伐致呵利的作品便非常流行。随着时间的推移，不仅他的诗歌被汇集到一起，甚至与其诗歌主题类似的诗句也被补充进来，逐渐形成今天所看到的《三百咏》的样子。"三百"是一个大致的数字，按内容依次为《世道百咏》《艳情百咏》与《离欲百咏》，分别描述世间百态、女色情欲与苦行修道，几乎囊括了人世生活的方方面面。按照第331首诗的说法，即："有人依离欲，有人行世道，有人乐艳情，各各异所好。"

　　由于这些诗歌并非出自一人之手，故而其中的思想有时会有互相矛盾之处。例如对女性的态度，一方面歌颂女性之美、情欲之醉人，但另一方面又清醒地意识到：所谓的花容月貌，只是诗人用语言之网精心编织起来的虚幻迷梦，暗藏危机。大体说来，许多诗歌在享受俗世欢乐与追求出世平静的钟摆之间摇晃，"欲"与"解脱"的矛盾是反复出现的主题。也正是因此之故，有学者认为这些诗歌与义净所记载的伐致呵利七次出家、七次还俗的事迹若合符契。但俗世情欲与出世求道的对立，贯穿于印度的许多文学作品，后世甚至发展出一种双关的手法，从一方面理解是敦促人们享乐，从另一方面理解则是鼓励苦行与出世。故而单凭这一点并不能确认诗人的身份。

　　《三百咏》中的诗歌形象生动，说理透彻，圆融达观，其中所反映的生活智慧直到今天看来依然不过时。此外，在古典梵语诗歌日趋程式化、诗人的个性越来越模糊难辨的过程中，伐致呵利也可谓是形式主义中的一股清流。从他的诗歌里，约略可以想见诗人的生平遭际与个性特征。之后有许多模仿之作，但并无出其右者。

当初无知识，爱欲暗遮眼，

只见全世间，尽是女人脸；

而今获智慧，如涂明目烟，

平等视一切，一切皆大梵。（6）

辉煌大厦，娇媚少女，华盖耀眼明，

荣华富贵，恍如铸就，善业无穷尽；

一朝破灭，宛如珠串，寻乐故相争，

霎时线断，纷纷四散，转眼无踪影。（7）

鳄鱼口中利齿下可以夺取宝珠，

波涛汹涌的海洋中可以强行航渡，

发怒的毒蛇还可以当鲜花装饰头顶，

却无人能使道地的傻瓜心满意足。（9）

有时睡地上，有时卧高床，

有时嚼菜根，有时吃细粮，

有时衣褴褛，有时锦绣裳：

智者为成事业，苦乐不在心上。（21）

像鲜花一束，

高人有两条路：

或在众人之顶，

或凋谢于森林。（34）

秃顶人头上遭受太阳光炙灼，

想求阴凉，他走到一棵大树下，

命运安排，大果下落，砰然头破：

时运不济，灾难往往到处追随他。（39）

相貌不能产善果，也不是家世和品质，

也不是学问，也不是殷勤对人，

只有前世修苦行积累的命运，

像树木一样，得到时机便结果实。（40）

有钱的人便是出自高门，

博学、多闻、会评鉴德行，

又能言善辩，容貌出群：

一切品德都倚仗黄金。（51）

又真诚，又虚假；又严厉，又甜言蜜语；

又残忍，又仁慈；又贪婪，又慷慨大方；

又不断花费，又有大量钱财滚滚来；

帝王行为像妓女，有不止一种形相。（59）

人世空虚，变化不定，高人只有两路可循：

通晓真理甘露仙液怡悦情意，让时光流尽；

否则有那乳腿丰腴又纵情欢乐的美人，

可以任你轻运手掌爱抚取乐，自在消停。（88）

疑虑之旋涡，无礼之大厦，惊险之城堡，

过失之聚集，欺骗之渊薮，无信之窠巢，

天堂之障碍，地狱之城门，众幻之住所，

甘露毒药，生人网罗，这女人巧机关是谁创造？（94）

阵阵香风，枝头新发嫩芽丛，

杜鹃声悦耳如焦急的蜜蜂嗡嗡，

少许欢乐的微汗出自少女的如月面容，

夏季已来，如何能望德行出自富翁？（99）

生死轮回的世界啊！

超出你的路途应不远，

若没有难越的障碍——

醉人的俊眼在中间。（103）

其实月亮没有成面庞，青莲也未成双眼，

身躯更不是黄金所制，却甘受诗人欺骗；

明知道鹿眼女全身不过是皮肤和骨头

加上血肉，却有愚人还要对她们迷恋。（108）

春天来到，杜鹃鸟的歌声悦耳，

南来的摩罗耶山的香风轻拂，

却都能伤害离别情人的游子；

唉！患难中仙露也会成为剧毒。（111）

那责备女人的假冒的圣人

是个自欺欺人的骗子手，

因为苦行的报酬是天堂，

天堂里还是有仙女同游。（120）

不见面时只想见面，

见到以后更想亲密，

和大眼睛的抱在一起，

我们又想永不分离。（122）

灯也有，火也有，

还有宝石般星光和明月，

只缺了我的鹿眼女，

这世界依然是一片暗黑。（130）

面容如月光宝石，

青丝发如绿玉放光，

双手似红莲花钻石，

她正像众宝合装。（131）

应住恒河旁，

河水涤诸罪；

或依少女胸，

乳间罗珠翠。（135）

既有那电光闪闪，花树放浓香，

又加上乌云新，阵阵雷鸣响，

还有那孔雀游戏咯咯叫声长，

热情荡漾，秀眼女怎度过离别时光？（137）

调笑取乐有闺房，身边是美女懒洋洋；

耳边有雌杜鹃鸣声荡漾，花开满园芳，

有少数真诗人共谈讲，迷人明月光，

五彩花环，种种春色使某些人心欢畅。（138）

天上乌云蔽空，地上满是蕉叶丛，

新开山花处处送来阵阵香风，

孔雀群鸣声悦耳，充满森林中，

幸福者，不幸者，都由此心怀激动。（140）

雨季如少女，燃起情意，

开放茉莉花散发香气，

浓重乌云（乳房）高高升起，

何人能不由此心神悦怡？（141）

冬季里，奶酪酥油为饮食，身披红色衣，

红花香水涂满身，寻欢作乐软无力，

隆乳丰臀美女抱在怀，深居宅内，

口中满含槟榔叶，富人有福安然睡。（144）

奔波过许多艰难险阻地方，依然毫无结果，

放弃了家世和门第的骄矜，白白侍候一场，

不顾尊严在他人家中饮食，惶惶同乌鸦一样，

爱犯罪的贪欲啊！今天还不满足，还在增长！（148）

你是王，我们是从师得智慧而骄傲无上；

你以豪富闻名，我们有诗人扬名十方；

这样，傲慢的人！我们之间距离并不远；

若你不理我们，我们也丝毫没有欲望。（163）

生我们的人都久已逝去；

同生长的人也沉入记忆；

现在我们一天天走近死亡，

像那大河的积沙岸边老树。（170）

是不是把苦行修炼，住在圣河边？

还是依礼陪伴妻子，她品貌双全？

是品尝诗歌甘露味，是饮瀑布般经典？

我们不知怎么办，人寿只有几瞬间。（172）

无垢之学未学成，财富未得到，

父母之前又未曾一心一意尽孝，

灵活大眼女郎，连梦中也未曾抱，

贪求别人赏口饭，乌鸦一般，把时光过了！（175）

享乐如天上云端轻盈电光一闪，

寿命似风卷云层中纤弱雨滴一点，

青春嬉戏时短暂，应念此即人间，

智者啊！要修炼收心入定，切莫迟延。（178）

何必读《吠陀》、法典、往世书、浩瀚的经典？

何必行那些能赐天堂茅舍住的祭仪拜忏？

除却唯一如同销毁人生重担的时间烈火，

能使人进入自我欢喜境地者，此外皆买卖一般。（191）

寿命如波涛起伏，青春只有数日停留，

财富如念头一闪，享乐如雨季电光来去骤，

情人交颈相依偎，紧抱也不能持久，

为渡到人生恐怖海彼岸，要一心向梵莫旁求。（192）

人寿不过百年，夜已占去一半，

另一半中的一半属于儿时和老境，

余年有疾病离别愁苦，在侍候人中度一生，

这水波一般短促的生命中哪有欢情？（200）

（金克木　译）

《妙语宝库》节选

学者们研究推测，《妙语宝库》的编者明藏是一位生活在波罗王朝后期札迦达拉寺的僧人，很可能还是受过王室封号的上师班智达。《妙语宝库》经过编者的扩充，略本大约编集于一一〇〇年，广本可能完成于一一三〇年。紧接着，当穆斯林入侵此地，寺院的一些僧人携带写本逃往西藏，《妙语宝库》可能也在其中——西藏保存了《妙语宝库》梵语写本的略本，而广本则保存在尼泊尔。

由高善必整理的《妙语宝库》梵语精校本共有1739颂，根据诗歌的主题分为五十篇。前七篇歌颂各位神祇，第八至十三篇描写六个季节，第十四至二十六篇描写艳情，第二十七至三十一篇描写日与夜，其余的是杂篇。由此可以看出，艳情占据了选集的主要内容。就诗歌选目来看，明藏比较倾向于编选时代更近、距离也相近的诗人的作品，集中于七〇〇至一〇五〇年间，尤其偏好孟加拉或东部地区的作者。

春季

南方摩罗耶山吹来香风，

杜鹃声婉转，嫩蕊出花丛，

相思复生相思，

辗转在人心中。（154）

夏季

白昼分外增加炎热，

夜晚不断削减身躯；

两者以不同行为相分别，

好比一对怀怨恨的夫妻。（193）

雨季

尘心不再飞扬，

乌云密布侵占星空，

雨云下垂压胸上，

这雨季和老妇相同。（231）

难道这土地要飞上天？

还是上天要进入大地？

这是活动的还是静止的正要分辨，

激流下泻用指尖抚摸娇女。（241）

秋季

秋天以白云衬出彩虹，

好像湿润的指甲掐痕，

使带斑点的明月皎洁，

使太阳的光芒更逼人。（266）

冬季

香气辣苦又有甜味，

树叶纷纷散落满地，

如今陀摩那迦树林，

只剩枝干苍白萎靡。（298）

寒季

在灰暗如烟的森林中落下难分辨，

遍覆屋顶扩散着缭绕的牛粪浓烟，

此时掩盖太阳出现使行旅难见，

毛一般的雪花显出处处白一片。（307）

少女

众天神费劲才从海中获得，

却都在妙女们的脸上展现：

神花藏于芬芳呼吸，明月现于双颊，

甘露在其唇上，剧毒在美目顾盼间。[1]（401）

是谁创造了她？是赏心悦目的月亮？

还是以艳情为唯一情味的醉人春日？

远古仙人习吠陀而淡泊，意欲远离感官对象，

怎能造出这动人的形体？（456）

激情

莫认她是娇女郎，眼如惊鹿灵，面似莲花样，

胸前含苞欲放；去吧！心啊！莫空想；

你这欲望是幻觉，如在海市蜃楼饮乳浆，

莫在应舍弃的道路上再为爱奔忙。（501）

闹别扭的女子

深情去，爱宠心，全消尽，

---

1 这颂诗运用了搅乳海的典故。天神与阿修罗齐心协力，从乳海中搅出了各种神花神树、月亮等。他们不仅搅出了所渴盼的甘露，同时还搅出了毒药。甘露被众天神分享，毒药则被湿婆吞下。401、456 与 1581 为范晶晶补译，其余诗颂为金克木先生译文。

真意失，面前行，如路人。

左思右想，朝朝暮暮去不停，

爱友啊！不知为何我心未碎成粉！（697）

与情人分离的女子

情人一走，心也不留，

睡眠离去，精神随着远游；

无耻的生命啊！难道没听说：

大人物行处便是大道众人走。（720）

游子的悲伤思妇极目望迢遥，

情人行处，寂寞路途，日暮黄昏到；

向粉刷的房舍走一步，蓦然想起，

这时他会来临，急转颈项，再望一遭。（728）

月亮

东方生出怀兔月，

爱神舞蹈，四方欢笑，

风在天空正散洒

白莲花粉，香气缭绕。（919）

老年

爱神啊！请看这头上白发苍苍，

那是胜利的旗帜飘扬；

如今我已经将你打败，

你的箭不能再把我伤。（1518）

山

这是吉罗娑山，水晶宝石地面闪闪发光，

吞没了树荫，投射出了珠宝的反光影像。

已被太阳光线悄悄接近的日莲，

却又因湿婆头上新月的光芒而沉入梦乡。[1]（1581）

诗人颂

诗人以迦梨陀娑为首，

我们也算是诗人一流；

这两者若论起本质，

正如同高山和原子。（1713）

（金克木　译）

1　日莲被阳光照射则绽放，被月光照射则闭合。这里意在突出湿婆头上新月的光芒。

胜　天

　　在《吉檀迦利》（Gītāñjali）的第七十三首诗中，泰戈尔如是说："于我而言，解脱未必在于弃绝；在千重快乐的约束中，我感受到了自由的拥抱。"既不同于传统婆罗门教的重视祭祀，也不同于沙门思潮中的强调苦行，这体现了印度教中一种新的宗教价值倾向。作为泰戈尔的同乡前辈，诗人胜天（Jayadeva）的《牧童歌》（Gītagovinda）也将世俗的快乐与宗教的虔敬完美地融合在了一起。Gīta 这一体裁也暗示了二者的内在关联性。

　　一般认为，胜天生活在十二世纪后期、孟加拉地区森那（Senā）王朝最后一位国王吉祥军（Lakṣmaṇasenā）的宫廷中。但也有学者主张胜天的故乡是在奥里萨地区，是国王无限铠（Anantavarman）的宫廷诗人。这两位国王都以崇奉毗湿奴而著称，是毗湿奴派的虔诚信徒，并大力支持梵语文学的创作。此时正值穆斯林入侵的前夜，方言文学郁郁勃兴，胜天就处在这样一个历史的峰回路转之际，成为过渡时期的一个象征性人物。他的《牧童歌》既是古典梵语文学最后的集大成之作，也是后世方言文学创作的标杆。

从创作上看，胜天也体现了过渡时期诗人的特点。一方面，他继承梵语宫廷诗歌的风格与技巧：描写艳情，歌唱情人分离的痛苦与会合的喜悦；男女主人公黑天与罗陀也都是按照《舞论》中所规定的类型人物而塑造的；大量使用隐喻、谐声、双关等修辞技巧，也经常运用近义词、同义词的铺排来烘托气氛。另一方面，他积极吸收当时流行的方言文学的元素，丰富传统的梵语诗歌。例如，方言文学中通行的押尾韵，在传统梵语诗歌中只是偶尔出现，胜天将其普遍运用于《牧童歌》中，更加上每首歌中叠句的使用——前两行押尾韵，最后一行或两行是重复的叠句（副歌），营造出一唱三叹的敬神的氛围。每首歌都有独特的曲调（拉格），配合人物内心情绪的波澜起伏。此外，每首歌的末尾还会出现诗人独特的标记——签名行（bhaṇita），即在诗行中嵌入诗人的名字。这也是中世纪方言文学的特殊元素，不见于传统的梵语诗歌。在语法上，《牧童歌》大大简化了梵语的句法，所面向的受众群体更广。

就内容而言，胜天发明了一种全新的题材：歌颂黑天与罗陀之爱，以此隐喻主神与信徒之间的亲密关系。二者的爱情是《牧童歌》的主题，其框架延续了梵语爱情诗歌中的二元结构：分离—会合，也象征着尘世之人对神的不懈追求与无限接近。一方面，爱情是人类生活中最为常见的情感。只要一息尚存，每个人都曾经历、正在经历，并将继续经历爱情的酸甜苦辣。从这个角度而言，爱情是一个极为普遍的主题，世间永远上演着相爱、分离的悲喜剧。每位读者都能从别人的爱情故事中看到自我的影像。但另一方面，爱情又极为独特。唯有爱情强大的神秘力量，能使人忘却自我，放下我执，暂时摆脱俗世的束缚，沉浸在为爱编织的美梦之中。爱情是扰攘尘世中的一剂忘忧散，借助其迷幻的力量，偶尔能瞥见无限喜乐的天光世界。就此而言，爱情是最接近于宗教体验的一种情感。故而在许多宗教文献中，经常以爱情来隐喻对神的向往与思慕。罗陀与黑天之爱也属于此种类型。因此，这部作品问世不久便成为毗湿奴派中虔敬文学的重要文献。尤其是十六、十七世纪，活跃在孟加拉地区的耆坦亚派更是将其视为人神之爱的典范。

西方学者将《牧童歌》的体裁定性为抒情剧（lyrical drama），即兼具抒情诗与戏剧的特点。其抒情性体现在每首歌的创作大体上遵循了梵语抒情诗的成规；戏剧性则体现在组歌由不同的人物歌唱，仿佛是多声部的大合奏。此外，每首歌中还间或穿插念诵性的诗行，体现了风格上的复杂与多变。有学者指出：内容上的交错繁复与精神上的向心性，与中世纪神庙建筑的结构有异曲同工之妙，或许反映了文学、音乐与建筑的同构关系？大体而言，《牧童歌》是一部歌集，音乐性在其中起着关键作用。尤其是在使用传统的意象时，诗歌在韵律上的吸引力要远远大于内容上的吸引力。可惜的是，在译为汉语时很难传达其悦耳的音乐美，实属遗憾。经常被引作音乐美典范的第二十七颂，在注释中有对原文音律的分析，聊作参考。

由于文本时而晦涩，时而大量引经据典，故而在翻译时加入了详细的注释，以助理解。译文依据的梵语原本是芭芭拉·斯托勒·米勒（Barbara Stoler Miller）整理的底本（联合国教科文组织代表作丛书印度系列，一九七七），诗颂编号一仍其旧；同时参考李·西格尔（Lee Siegel）的梵英对照本（Clay Sanskrit Library 系列，二〇〇九），其诗颂编号稍有不同。一些难解的地方参考了两位学者的翻译与研究。

　　另外，在本书的编校过程中，葛维钧先生的《牧童歌》散文全译本已经问世（中西书局，二〇一九），可资读者参看。

《牧童歌》第一章　快乐的黑天

"空中云密布，林间多摩罗树幽深，

　　他怕黑，罗陀啊！你就带他回家。"

难陀发此令，罗陀与摩陀伐起身，

　　过丛林，在阎牟那河畔私情涌升。‖1‖

释：难陀是黑天的养父，罗陀是黑天最钟情的牧女。摩陀伐（mādhava）是黑天的别名，意为摩豆族（madhu）的后裔。此外，从词源上看，madhu 又有"春天"之义，故而 mādhava 也表示"与春天相关的"，暗示了黑天与春日、与爱欲的联系。这颂诗的意义不甚明朗：诗篇起首为何要营造幽暗凝重的氛围？黑天为何会畏惧黑暗？若他还是孩童，为何又与女伴情欲暗生？历来注释家众说纷纭，大多认为是为了表明脱离俗世的现实世界、进入另一重非理性的神性世界。也有注释认为是表明神可以任意采取任何年龄、任何形体。

语言神技饰心房，

莲花足下为歌王，

汇集黑天诸情事，

诗人胜天作此章。‖2‖

释：莲花（Padmāvatī）为女子之名，在《牧童歌》中出现过两次。另一处是在第二十一首歌，胜天称他的歌声取悦了莲花。关于莲花是谁，历来有两种解释：一是毗湿奴之妻吉祥天女的别名，二是胜天之妻。围绕第二种说法有着这样的传说：作为毗湿奴的虔诚信徒，胜天将自己奉献给神，发誓独身，四处漫游，传唱赞美黑天的颂诗。黑天被他甜美的颂诗打动，将"世界之主"（即毗湿奴）神庙中的娱神舞女莲花嫁他为妻。这样，当胜天歌唱颂诗之时，莲花可以伴舞，一同奉神。这样的传说调和了两种生活方式——即家居生活与独身奉神——之间的矛盾，将二者完美地结合在一起。直到今天，这一故事还广为流传。

乌摩钵底擅辞藻，

胜天通晓缀妙文。

舍罗晦涩有捷才，

诗主陀胤号多闻。

论及艳情与意蕴，

无人堪比牛增师。|| 3 ||

释：注释者一般都认为这一颂与国王吉祥军有关，提及的几位诗人均是吉祥军的宫廷诗人。牛增的代表作是《阿利耶七百咏》（*Āryāsaptasatī*），内容以艳情为主。陀胤的作品有《风使》（*Pavanadūta*），其中赞颂了国王吉祥军的统治。有铭文显示：乌摩钵底陀罗（Umāpatidhara）曾受吉祥军的祖父胜军（Vijayasenā）的资助支持。至于舍罗那（Śaraṇa），我们则一无所知。关于胜天与吉祥军的宫廷诗人团体之间的关系，还有一则传说中的铭文为证，称胜天为吉祥军的宫廷五宝之一。但自古以来，奥里萨地区的学者都质疑这一颂的真实性，认为它可能是后来羼入，并声称胜天是东恒河王朝国王无限铠的宫廷诗人。正是这位无限铠国王，在普里地区下令建造了供奉毗湿奴的"世界之主"神庙。《牧童歌》在这一地区从一开始便是唱给毗湿奴的颂歌。胜天在第七首歌中提到了自己的出生地根杜利（Kenduli），学者们各执一词，都认为这个村庄位于自己的家乡：除了孟加拉与奥里萨地区外，比哈尔邦、古吉拉特邦、马哈拉施特拉邦都号称有名为根杜利的村庄，并一样以胜天为傲。

若心念诃利，

若慕秘戏技，

请听胜天语，

甜美妙歌诗。|| 4 ||

以摩腊婆拉格演唱，歌一

释：拉格（Rāga）是一种音乐曲调。在此曲调框架下，演奏者或歌者拥有相当的表演风格自由。十三世纪的音乐家 Saraṅgadeva 在其《歌舞宝藏》（*Saṃgītaratnākara*）中形容胜天的拉格是"从前广为流传"（prākprasiddha）的。也就是说，在不到一百年的时间里，《牧童歌》的曲调已经不再流行了。有注释者称：既然《牧童歌》的原始曲调已不可考，他将尝试重构这些曲调。注释中所出现的拉格名，大多数是地名。如这里的"摩腊婆"，基本上位于今天印度的中央邦内；下一拉格"瞿折罗"即古吉拉特的古译名。这样的命名大约反映了《牧童歌》在各地的流行。直到今天，各地表演《牧童歌》还具有不同的地域风格。从内容上看，第一首歌与第二首歌均是"颂歌"（Stotra）体裁，即献给神的颂歌。一般而言，颂歌会歌唱神的名号、别名、业绩与神性，以神话为叙事框架；通过赞颂增强神的力量，从而取悦神，祈请神满足自己的愿望。第一首歌依次颂扬了毗湿奴的十次化身。关于这十次化身的传说故事，在不同文献中有不同的版本。胜天的《牧童歌》乃是折中糅合之作，并非单单取材于一种文献。

> 劫末海水中，你被安排作吠陀舟楫，
>
> 执持吠陀，丝毫也没有懈气。
>
> 美发者，化身为鱼者，
>
> 世界之主诃利啊，胜利！（叠句）‖5‖

释："美发者"是黑天的一千名号之一。根据《莲花往世书》，黑天的头发又长又美，故而得名"美发者"；根据《薄伽梵歌》，黑天杀死名为 Keśin（有发者）的恶魔（化身为马，其名可理解为有鬃毛者），故而得名 Keśava。这一颂歌唱毗湿奴的第一次化身：鱼化身，故事主要出自《鱼往世书》与《薄伽梵往世书》。大致情节是：劫末洪水中，万物濒临灭绝，毗湿奴化身为鱼，拯救了人类的始祖摩奴、各种动物雌雄各一、各种植物的种子，找回并传授了记录知识的"吠陀"典籍。

"世界之主"的原文是 Jagadīśa，与普里地区的"世界之主（Jagannātha）"神庙的构词极为类似。米勒认为胜天创作此诗时深受普里地区极具包容性的毗湿奴崇拜的影响。

> 大地站在你的更为广阔的脊背之间，
>
> 脊背因承重而生出深圆伤瘢。
>
> 美发者，化身乌龟者，
>
> 世界之主诃利啊，胜利！‖6‖

释：这一颂歌唱毗湿奴的第二次化身：乌龟化身。根据《林伽往世书》，大地即将沉入下界，毗湿奴化身为乌龟，其脊背的直径有数十亿公里，背负大地。但流传更广的是另一个版本：天神与阿修罗合作搅乳海，但乳海太深，作为搅棒的曼陀罗山眼见就要沉入海底，毗湿奴化身为乌龟，托起曼陀罗山，使得搅乳海的事业能顺利进行。这一颂将龟背上的裂纹想象成是因为负重而压裂，既贴切又新奇。

> 下沉的大地紧紧挂在你的獠牙尖上，
>
> 仿佛是一抹灰尘沾染了月亮。

美发者，化身野猪者，

世界之主诃利啊，胜利！ ‖7‖

释： 这一颂歌唱毗湿奴的第三次化身：野猪化身。各种往世书的记载稍有不
同，大致情节是：恶魔金目将大地藏入原初汪洋之中（也有版本说大地是不堪
重负而自行沉入水中），毗湿奴化身为野猪，将大地挂在自己的獠牙尖上，使其
回复原位。这一颂将野猪的獠牙比作新月，将大地比作新月上的一抹灰尘。

你美丽的莲花手上，指甲无比锋利，

撕碎金装那如同黑蜂的身体。

美发者，化身人狮者，

世界之主诃利啊，胜利！ ‖8‖

释： 这一颂歌唱毗湿奴的第四次化身：半人半狮。广为流传的大致情节如下。
恶魔金装从创造神梵天那里得到恩惠，被赋予不死之身：既不能被人、也不能
被兽，既不能在白天、也不能在黑夜，既不能在屋内、也不能在屋外，更不能
被用任何武器杀死。为了除掉作恶的金装，当他正要出门时，毗湿奴在他面前
现身为半人半狮，既不是人也不是兽；此时正值黄昏，既不是白天也不是黑夜；
跨在门槛之上，既不是屋内也不是屋外；用自己的爪子撕碎了恶魔，没用任何
武器就杀死了他。也有版本说毗湿奴是在黎明时分从石柱中现身为半人半狮，
手撕恶魔。莲花与黑蜂在梵语诗歌中也是经常同时出现的一对比喻，这里将人
狮的手比作莲花，将恶魔的身体比作黑蜂。

神奇的侏儒啊，你以大步骗过巴力，

你的脚趾下的水将世人净涤。

美发者，化身侏儒者，

世界之主诃利啊，胜利！ ‖9‖

释： 这一颂歌唱毗湿奴的第五次化身：侏儒，音译为筏摩那。大致情节是：
恶魔之王巴力通过严酷的苦行变得非常强大，将众神从天界赶出来，独占三界。
众神请求毗湿奴的援助。毗湿奴化身为侏儒，走到巴力跟前，请求赐予他三步
大小的地方用来冥想。巴力同意后，侏儒要求有所凭证。于是，布施者巴力向
求乞者侏儒手上浇水，象征着布施仪式的完成。侏儒立刻变身，第一步跨过整
个大地，第二步越过天空。当他想迈出第三步时，巴力请他将脚踩在自己头

上，使自己得以在下界实行统治。毗湿奴派的信徒认为：侏儒手上所浇之水，即是恒河的起源。水从侏儒手上流下，侏儒立刻变大，水势也随之渐涨；待水流至已恢复原形的毗湿奴的脚上，即成为恒河，流向人间，涤除世人的罪孽。

> 在刹帝利的血泊中，涤除世界之罪，
>
> 这样，你使此在的苦恼平息。
>
> 美发者，化身持斧罗摩者，
>
> 世界之主诃利啊，胜利！‖10‖

释：这一颂歌唱毗湿奴的第六次化身：持斧罗摩。他最广为人知的事迹是杀死大地上专制残暴的刹帝利国王，维护婆罗门阶层的地位，使世界得到净化。

> 战斗中，你以十首王的头颅为享祭，
>
> 将其投向各方的护世诸神祇。
>
> 美发者，化身罗摩者，
>
> 世界之主诃利啊，胜利！‖11‖

释：这一颂歌唱毗湿奴的第七次化身：罗摩。罗摩的生平传说主要见于两大史诗之一《罗摩衍那》。他的主要功绩是杀死邪恶的罗刹王十首王，既解救了妻子悉多，也使天神与众生摆脱了罗刹王的侵扰。

> 你光辉的身上着青衣，如恐惧锄犁、
>
> 前来求饶的阎牟那河水颜色。
>
> 美发者，化身持犁者，
>
> 世界之主诃利啊，胜利！‖12‖

释：一般认为，毗湿奴的第八次化身是黑天，但这一颂将黑天的兄长持犁罗摩视为毗湿奴的第八次化身，这大约是孟加拉地区的地方小传统。根据《薄伽梵往世书》，持犁罗摩酷嗜饮酒。有一次，他与众牧女嬉戏游乐，灵机一动，想与众女在阎牟那河中游玩，于是命令阎牟那河来到自己身边。阎牟那河以为这又是醉酒的持犁罗摩的胡言乱语，未加理会。持犁罗摩大怒，拿起作为武器的犁，开始刨地，要将阎牟那河强行拉到自己身边。一犁下去，便将阎牟那河刨出了许多支流。阎牟那河万分恐惧，立刻来到持犁罗摩身边，寻求原谅。传说中阎牟那河的支流都是持犁罗摩犁出来的，至今仍在流淌。

> 你心中满怀慈悲，批评吠陀的祭祀，
>
> 揭露其仪式规定的悲惨杀牲，
>
> 美发者，化身佛陀者，
>
> 世界之主诃利啊，胜利！ ‖ 13 ‖

　　释：正统的印度教观点认为，毗湿奴化身为佛陀，是为了区分坚定的信徒与摇摆的信徒，故意混淆是非、制造混乱，是黑暗的迦利时代的标记。然而，这一颂对佛陀化身的态度是积极赞赏的，米勒认为这与《牧童歌》将黑天奉为"世界之主"（Jagadīśa）的宗教包容性是一致的，而且也反映了孟加拉的地区特色。

> 你挥动利剑，剑如吞噬一切的火焰，
>
> 消灭成群的边地之人蔑戾车，
>
> 美发者，化身迦尔基者，
>
> 世界之主诃利啊，胜利！ ‖ 14 ‖

　　释：迦尔基是毗湿奴的第十次化身，他的到来将结束黑暗的迦利时代。在惩处所有的恶人之后，一个新的纯净的圆满时代即将开始。"蔑戾车"是古代佛经中的音译，是印度人对边地之人的蔑称。

> 请听诗人胜天所作的这首高贵颂诗，
>
> 它是存在本源，赐予喜乐纯净，
>
> 美发者，有十化身者，
>
> 世界之主诃利啊，胜利！ ‖ 15 ‖

　　释：这一歌节中出现了诗人胜天的名字，一般被称为 bhaṇita，即诗人的签名行。在以下的每一首歌的末尾，都有这样一个歌节。

> 存续吠陀，背负世界，
>
> 举起大地，撕碎恶魔，

计诓巴力，灭刹帝利，

战胜十首，执持铧犁，

满怀慈悲，屠蔑戾车，

变幻十形大黑天，向你致敬！‖16‖

以瞿折罗拉格演唱，歌二

靠在吉祥天女胸前，戴耳环者啊，

装饰美丽的野花鬘者啊，

胜利天神诃利啊，胜利！（叠句）‖17‖

释： 第二首歌依然是颂歌体，继续赞颂诃利的业绩。这首歌的特点是：除了诗人的签名行倒数第三颂，以及承担叙事功能、承上启下的最后两颂之外，其他六颂均是呼格形式，强化了与神的亲密关系，这也是颂歌体裁的一大特征。

关于第二首歌的叠句，原文是：jayajayadevahare。李·西格尔指出：这里有一个文字游戏，根据停顿的不同，可以有两种拆分方法。一种是 jaya-jaya-deva-hare，意为："胜利！胜利！天神啊，诃利啊！"另一种是 jaya-jayadeva-hare，意为："胜利！胜天啊！诃利啊！"诗人将自己的名字巧妙地嵌入诗行，与诃利并置。此外，jayadeva 的字面含义是"胜利天神"，米勒认为它也可被视为毗湿奴的别号。在此意义上，诗人胜天与大神毗湿奴的联系就更为密切了。此处的翻译采取米勒的阐释方法。

以日轮为饰，斩断轮回相续者啊，

牟尼们心湖上的天鹅啊，

胜利天神诃利啊，胜利！‖18‖

释："心湖上的天鹅"原文是 mānasahaṃsa，这里语带双关，mānasa 既有"心，意识"之义，也特指湿婆所居的吉罗娑（Kailāsa，又译盖拉瑟）山上的"心湖"，天鹅每年都随季节流转飞往这里。在梵语文学中，这也成了常见的一个隐喻：天鹅比喻沉思入定之心，心湖比喻至高的神灵居所，而天鹅的迁徙则象征着信徒对神的朝圣与向往。还有一种说法是天鹅象征着宇宙的至高存在（parabrahman）。这一颂的意思大约是指诃利是牟尼们入定冥想的对象。

战胜毒龙迦利耶，受人喜爱者啊，

雅度一族莲花的太阳啊，

胜利天神诃利啊，胜利！ ‖ 19 ‖

　　释：迦利耶是居住在阎牟那河的毒龙，由于污染了河水，被少年黑天制服并驱赶到大海。在梵语文学中，日莲迎着太阳开放。故而这颂诗将黑天出身的雅度族比作莲花，将黑天比作太阳。

神族戏乐的源泉，乘金翅鸟者啊，

诛魔图牟罗与那罗迦者，

胜利天神诃利啊，胜利！ ‖ 20 ‖

　　释：魔图（Madhu）、牟罗（Mura）与那罗迦（Naraka）是毗湿奴诛杀的三个恶魔。

眼如净莲叶，使人从存在中解脱，

三界的居所以及归依啊，

胜利天神诃利啊，胜利！ ‖ 21 ‖

　　释："三界的居所"原文是 tribhuvana-bhuvana-nidhāna，前一个 bhuvana 是指世界，后一个 bhuvana 意为居所，nidhāna 有容器、仓库之意。这一颂赞美毗湿奴包罗三界、容纳三界，也是颂歌常见的表达。

战斗中制服十首王，打败突舍那，

遮那竭之女为装饰者啊，

胜利天神诃利啊，胜利！ ‖ 22 ‖

　　释：突舍那是罗刹王十首王军队里的将军，遮那竭之女即罗摩之妻悉多。

美如新云，托曼陀罗，渴饮室利

女神月亮脸的月光鸟啊，

胜利天神诃利啊，胜利！ ‖ 23 ‖

释： "托曼陀罗"的典故即上文注释所说毗湿奴的第二次化身——乌龟化身在搅乳海时，背负作为搅棒的曼陀罗山。在梵语文学作品中，月光鸟经常注视月亮，以此啜饮月亮中的甘露，维持生命，故而得此称谓。这一颂将室利女神的脸庞比作月亮，毗湿奴的眼光永远追随女神的脸庞，故而被比作月光鸟。

> 诗人吉祥胜天创作了这首既愉悦
>
> 而又幸福、光辉的颂歌，
>
> 胜利天神诃利啊，胜利！‖24‖

> 诛魔图者的胸膛紧贴莲花的怀抱，
>
> 印上藏红花之色，仿佛展现激情，
>
> 布满了极尽欢情之后劳倦的汗水，
>
> 但愿它也赐予你们满怀喜乐愉悦！‖25‖

释： 第一句中的"莲花"是吉祥天女的别号。

> 春日，身体如春花般娇嫩的罗陀，
>
> 漫游林间，追随各处出没的黑天，
>
> 为爱情而焦灼，十分忧愁又惶惑，
>
> 女伴对苦恼的她说出意味深长言。‖26‖

以春拉格演唱，歌三

> 丁香藤迎着温柔的摩罗耶山风飞扬，
>
> 成群的蜜蜂与布谷鸟在花亭中欢唱。
>
> 在撩人春日，诃利与少女共舞游荡，
>
> 女友啊，这对离人来说漫长的时光！（叠句）‖27‖

释： 原歌的上半节为：lalita-lavaṅga-latā-pariśīlana-komala-malaya-samīre |
madhukara-nikara-karambhita-kokila-kūjita-kuñja-kuṭire‖ 这组对句的上、下句都是

二十二个音节。在上句中，诗人运用了七个 l 音（la li la la la la la）来拟象藤蔓植物的摇曳生姿，达成通感的效果；在下句中，诗人则运用了八个 k 音（ka ka ka ko ki kū ku ku）来模仿虫鸟的欢鸣：其中，kara kara kara 模拟蜜蜂嗡嗡，ko ki kū ku ku 则仿佛是布谷鸟的欢鸣。此外，上句的第十四个音节是 ko，呼应下句；而下句的第十四个音节则是 la，呼应上句，达到两相交错的效果。除了传统的长（重）短（轻）音节的区分外，胜天在歌中还引入了停顿节拍的节奏划分。这一歌节的两行都是由七个四拍构成，如第一行 lalitala|vaṅgala|tāpari|śīlana|komala|malayasa|mīre。耆坦亚派祖师的传记《耆坦亚所行甘露》（*Caitanyacaritāmṛta*）记录了一则故事：当耆坦亚唱诵这颂诗时，黑天被悦耳的声音打动，出现在他面前；当耆坦亚兴奋地冲向黑天，黑天却消失了，耆坦亚昏倒在地，体验到一种迷醉的状态。翻译时实在难以传达诗人精妙的声律修辞。摩罗耶山一般认为位于印度的西高止山脉，山上满是檀香树，故而风也带着檀香树的香气，摩罗耶山风即西南风，是梵语文学中的常见意象。这一章的第四十七歌节也描摹了摩罗耶山风，毒蛇经常居于檀香树的树洞。下半节的"游荡"原文是 viharati，"离人"的原文是 virahijana，也通过音韵修辞形成了一种反差。

> 旅人的妻子忧心如醉，如泣又如诉；
> 蜜蜂簇拥于花丛，醉花被冷落一旁。‖ 在撩人…… ‖28‖

释："醉花"即波古罗花，传说要以女性口中之酒喷洒才会开花。这里大约指思妇无意于饮酒作乐。

> 多摩罗树林的嫩叶染上浓郁的麝香，
> 金苏迦如爱神红指甲，撕碎情人心。‖ 在撩人…… ‖29‖

> 盖娑罗花蕊如同爱神光辉的金权杖，
> 装饰蜜蜂箭的波吒厘，如爱神箭筒。‖ 在撩人…… ‖30‖

释：śilīmukha 一语双关，既指蜜蜂，也可指箭。诗人将蜜蜂比作爱神之箭。波吒厘花形似喇叭，故而被比作爱神的箭筒。

> 见万物放下羞怯，柚树解忧绽笑颜，
> 盖多迦锯齿似矛尖，刺透离人心房。‖ 在撩人…… ‖31‖

释：karuṇa 一语双关，既指柚树，又有忧愁之意。李·西格尔指出：柚树开白色的小花，就仿佛是露齿而笑。

新鲜茉莉散发香气，混合春藤清芬，

青春焕发者甚至能扰乱牟尼的静心。‖在撩人……　‖32‖

被颤抖的檀藤拥抱，芒果开花欢喜，

沃林达林也被环绕的阎牟那河净涤。‖在撩人……　‖33‖

释："沃林达"原文是 vṛndā，阎牟那河岸边的树林，黑天与众牧女游乐之处。

吉祥胜天吟唱这忆念诃利行迹之歌，

它描摹洋溢春色的树林，令人心怡。‖在撩人……　‖34‖

茉莉花开放，微风摇动花藤，

花粉撒落，使树林熠熠生辉。

盖多迦香风，有若爱神呼吸，

四处流动，在这里灼人心意。‖35‖

蜜蜂贪恋萌发的甜味，摇动芒果树嫩枝，

枝上布谷鸟嬉戏，以甜美低音叽喳调情，

令人耳热；旅人艰难熬过这春天的时日，

只在入定的刹那偶享与爱人欢会的滋味。‖36‖

释：这里胜天运用了宗教色彩强烈的"入定"（dhyāna-avadhāna）一词，就让这一颂有了意义双关的内涵。表层意义是：旅人（pathika）通过强烈的相思，在想象中与跟自己生命一样宝贵的爱人（prāṇasamā）欢会（samāgama），享受其滋味（rasa-ullāsa）。其宗教含义则是：在人生道路上的漫游者（pathika），在入定中显示（ullāsa）与神相会的滋味（rasa）。下文的第四十节，女子冥想诃利莲花脸，使用的词语也是 dhyāyati。宗教意义上的"入定"与"味"之间的联系，在 6.10 中也有所体现，罗陀冥想黑天，沉浸于味海之中，意味着入定的最高目的便是将自己融入作为最高存在的神。

> 在众女的怀抱中激动颤抖，
> 黑天沉溺在迷人的游戏里；
> 女伴向罗陀描述远处的他，
> 宛如在目前，并再次说道：‖ 37 ‖

以罗摩伽利拉格演唱，歌四

> 诃利身青涂檀香，
> 野花环饰着黄裳，
> 宝珠耳坠轻摇晃，
> 装点双颊含笑漾。
> 天真烂漫诸女子，
> 一心沉迷诸戏乐，
> 他于其间共嬉戏。（叠句）‖ 38 ‖

释："身青"指在印度传统中，毗湿奴身体呈青黑色。

> 有一丰乳牧牛女，
> 紧贴胸脯拥诃利，
> 哼唱第五拉格曲，
> 满怀深情相追逐。‖ 天真……　‖ 39 ‖

释：第五拉格曲烘托晚间情欲的氛围。

> 诃利美目转流盼，
> 含情脉脉撩心弦，
> 天真烂漫一女子，
> 冥想诃利莲花脸。‖ 天真……　‖ 40 ‖

又有可爱美臀女，

诃利耳根窃私语，

面颊相触吻爱人，

诃利脸上汗毛竖。‖天真……　‖41‖

释："汗毛喜竖"是梵语文学中常见的描摹激动喜悦之情的表达。

一女渴望爱欲戏，

阎牟那河水之畔，

玉手拉扯诃利衣，

走向迷人树丛边。‖天真……　‖42‖

手掌拍动环钏摇，

发声柔美和笛音，

一女相伴诃利舞，

沉醉其中咏赞歌。‖天真……　‖43‖

释：根据往世书的描述，在明净的秋天月圆之夜，黑天在林中吹奏笛子。被优美的笛声所吸引，附近的牧女都来到黑天身边，环绕一圈，忘忧尽情地跳起舞蹈。后来又发展出一种神学阐释：黑天通过神迹分身，使得每位牧女都认为黑天是在与自己伴舞，象征着神与每位信徒之间独一无二的亲密关系。为了渲染春天的艳情味，胜天将这一舞蹈盛事改在了春日。

怀拥一女亲一女，

趋奉另一美娇娘，

瞩目含笑俏佳人，

紧随又一可爱女。‖天真……　‖44‖

诗人胜天作此歌，

前所未有诃利戏，

沃林达中秘游乐，

愿其遍赐诸吉祥。‖天真……　　‖45‖

女友啊，他以深情使万物都产生欢喜，

肢体如莲般青黑柔软，带来爱神庆典。

英俊浪漫的诃利恍若爱神在春日嬉戏，

被沃罗阇妙女子们满怀热情团团环绕。‖46‖

　　释："沃罗阇"原文是 vraja，黑天养父家所在之地，今天马图拉与阿格拉一带。

仿佛厌倦蛰居之蛇的毒气，染上檀香，

山风吹向喜马拉雅，像要在雪中沐浴。

看到可爱芒果树的花苞，布谷鸟心喜，

发出甜美又高亢的声音"布谷，布谷"。‖47‖

（范晶晶　译）

译后记

　　泰戈尔在《回忆录》中论及自己的诗歌创作时，曾经自评道："这些诗的特征是，即使对细小的事物也密切注意。……当心弦与天地万物协调的时候，宇宙的歌声时时刻刻都能唤起它的共振。……我眼睛所看到的任何东西都能在我的心里找到响应。"[1] 这部诗集的编选原则亦是如此，希望尽可能地展现古代印度人对宇宙万物的所感、所思，并试图以简介、注释的形式将其传达给当代的中国读者，但愿在读者的心弦上能偶有一下脆击共鸣，也就实现了编选者的初衷。

　　这部选集同时也是一部致敬之作。虽然中国与印度之间的文学交流源远流长，历代译者名家辈出，但历史上译为汉语的作品基本上都是佛教典籍。当然，佛教文献中往往也佳作频出，但还是无法代表古代印度文学的全貌。在英殖民者进入印度之前，印度文学基本上依靠口耳相传，故而除了民间潜移默化的传播之外，未能大规模地为外界所知。十八世纪下半叶，出于统治的需要，英国人开始学习梵语，并逐渐将重要的梵语典籍译为拉丁语、英语等。其后法国人、德国人等也加入到了这一译介研究的队伍中。对欧洲人而言，印度文学的"发现"，不啻于发现了文化上的新大陆。对印度文献的译介研究，促成了比较语言学、比较神话学与比较宗教学等学科的诞生，也极大地影响了德国浪漫主义文学的面貌。一八一九年威廉·冯·施莱格尔撰文介绍印度语文学研究的成果时，为欧洲所知的梵语作品不过十几部；不到一百年的时间，一九〇三年西奥多·奥弗列希特编撰相关目录时，这一数目已增至数千部，还不包括卷帙浩繁的佛教文献。时至今日，印度学研究依然在向前发展，却已不复当年的盛况。那个群星璀璨的时代已成为过去，他们所留下的光芒却依然照亮后来者的

1　卓如编，《冰心全集》第 6 卷，海峡文艺出版社，1999 年，第 495 页。

道路。

在中国，对印度文献的译介始于佛教的传播，时间更是可上溯至公元前后。在佛教东传的一两千年间，既有舍身求法的西行汉僧，如法显、玄奘、义净等，也有忘身弘教来到汉地的西僧，如昙无谶、鸠摩罗什、实叉难陀、施护、天息灾等，他们为中印文化交流做出了巨大的贡献。但对印度世俗文献，尤其是文学作品的翻译，则要迟至二十世纪初。前辈学者如季羡林先生、金克木先生、徐梵澄先生、蒋忠新先生、黄宝生先生、郭良鋆先生、葛维钧先生等，筚路蓝缕，有大量译作问世。正是由于他们的笔耕不息，我们才能读到鸿篇巨制的印度两大史诗的汉译全本，以及各类诗歌、奥义书的选译本。近年来，黄宝生先生主持翻译"梵语文学译丛"，不断推出梵语文学史上经典作品的汉译本。段晴先生带领北京大学—泰国法胜大学译经团队，启动"汉译巴利三藏"项目，目前已出版了《长部》与《中部》两种。在王邦维先生的指导下，党素萍博士、于怀瑾博士以及张远博士分别以《美难陀传》《鸠摩罗出世》与戒日王为博士论文选题，完成了相关作品的翻译与研究。还有朱成明博士对《利论》的翻译，都极大地丰富了我们对印度古代文献的认识。《古印度诗选》即是沿着前贤的足迹，吸收这些年来印度古代诗歌领域新的翻译与研究成果，尝试为广大读者编选一部比较有代表性的诗歌集。

距金克木先生选译《印度古诗选》（湖南人民出版社，1984 年）、季羡林先生等选编《印度古代诗选》（漓江出版社，1987 年），时隔已四十年，本选集补充了一些巴利语诗歌、佛经选篇，以及马鸣、迦梨陀娑与戒日王的诗作，还有胜天的《牧童歌》等。如果已有旧译，一般就将旧译编入集中，不再重新翻译。这样，就造成了一个困境：由于译作出自不同的译者之手，译文的风格无法统一。尤其是古代佛典，与以现代汉语译就的其他诗作风格差异较大。然而，考虑到诗歌翻译本就带有很强的主观性与个体差异，而且将梵语或巴利语诗歌译成汉语确实很难有统一的标准，难以做到一一对应——两种诗歌传统在韵律、意象、修辞上都各具鲜明的特色，或许目前的折中之策反而能让读者领略到印度古代诗歌多姿多彩的面貌？也帮助我们比照思考：哪种翻译方式与风格更能贴合印度古代诗歌的表达？

印度古代诗歌是一座巨大的宝库，目前所编选的仅是其中梵语与巴利语诗歌的很小一部分。另外一些优秀的俗语诗歌作品，如摩诃剌陀语的

《七百咏》、阿波布朗舍语的《传信记》等，只好付之阙如，以待将来的译者。此外，对梵语与巴利语诗歌的翻译与研究，也有待进一步拓展深入，希望有更多的同好加入到这一译介研究的行列中来。

最后，特别向《印度古代诗歌选》的各位译者致谢。尤其是党素萍博士、于怀瑾博士和张远博士，在各自即将出版《美难陀传》《鸠摩罗出世》与《妙容传 璎珞传》的全译本之际，慷慨赐予代表性的章节译文，以飨读者。此外，还要感谢编辑方厹女士，不仅热心帮忙联系相关篇目的版权事宜，而且对编者的拖沓给予了极大的耐心和理解。如果没有她的帮助，这部选集就无法以现在的面貌呈现给大家。

范晶晶

总　跋

经过两年多时间的筹备与组织，"'一带一路'沿线国家经典诗歌文库"终于陆续付梓出版，此刻的心情复杂而忐忑，既有对即将拨云见日的满满期待，更有即将面见读者的惴惴不安。

该项目于二〇一五年下半年开始酝酿，其中亦有不少波折和犹疑。接触这个项目的所有人都无一例外地认为，这是应该做而且只有北大才能做的事情，也无一例外地深知它的难度。

"一带一路"跨度大、范围广，多语言、多民族、多宗教、多文明交融，具有鲜明的文化多样性特征。整个沿线共有六十余个国家，计有七十八种官方或通用语言，合并相同语言后仍有五十三种语言，分属九大语系。古丝绸之路尽管开始于政治军事，繁荣于商旅交通，但其更重要的意义在于促进了人类文明的交往。它连接了中国、印度、波斯和罗马等文明古国，跨越埃及文明、巴比伦文明、印度文明、中华文明的发祥地，是东西方文明交流互鉴的重要通道。

如何更好地展现"一带一路"沿线人民的文化特质和精神财富，诗歌无疑是最好的窗口。诗歌是文学王冠上的明珠，精敛文学之魂魄，而经典诗歌则凝聚着各个国家民族的文化精神和文化理想，深刻反映沿线国家独有的价值观和对世界的认识。长期以来，中国学界和出版界一直比较重视欧美发达国家诗歌的译介与研究，对发展中国家尤其是一些弱小国家的诗歌研究存在着严重忽略的现象。我们希望通过对"一带一路"沿线国家经典诗歌的研究，深刻地了解一个国家，理解它的人民，与之建立互信，促进国内学界对"一带一路"沿线国家文学、文化和文明的了解，弥补我国诗歌文化中的短板，并为中国诗歌走向世界提供思路和借鉴，从而带动与"一带一路"沿线国家的深层次交流，为中国的对外交往和"一带一路"倡议的实施提供人文支撑。

　　北京大学外国语学院组织国内外相关领域的专家学者，于二〇一六年一月，正式启动"'一带一路'沿线国家经典诗歌文库"项目。该项目以北京大学人文学科的优良传统和北大外语学科的深厚积淀为基础，以研究和阐释"一带一路"沿线国家厚重的历史、文化内涵为己任，充分发挥本学科在文学、文化研究领域的传统优势和引领作用，积极配合和支持国家的"一带一路"倡议，为中外优秀文化的研究、互鉴和传播做出本学科应有的贡献。

　　北京大学外国语学院牵头组织的"'一带一路'沿线国家经典诗歌文库"项目，旨在翻译、收集、整理和编辑"一带一路"沿线六十余个国家的诗歌经典作品，所选诗歌范围既包括经典的作家作品，也包括由作家整理的、具有广泛影响力的史诗、民间诗歌等；既包括用对象国官方语言创作的诗歌，也包括用各种民族语言创作、广泛传播的诗歌作品。每部诗集包括诗歌发展概况、诗歌译作、作者简介等三个部分。

　　在此基础上，形成由五十本编译诗集构成的"'一带一路'沿线国家经典诗歌文库"第一批成果，这将弥补中国外国文学界在外国诗歌翻译与研究方面的不足，特别是对部分"一带一路"沿线国家的经典诗歌开展填补空白式的翻译与原创性研究工作具有重大意义，同时对沿线诸多历史较短的新建国家的文学史书写将具有十分重要的价值。

　　该项目自启动以来，先后成立了编委会和秘书组，确定项目实施方案、编译专家遴选以及编选的诗歌经典目录，并被确定为北京大学一百二十周年校庆的重要出版项目之一，得到学校、校友及社会各界的大力支持，建立起以北京大学外国语学院为核心，汇集国内外相关领域知名专家学者、翻译家的翻译、编辑团队，形成了一个具有高度共识和研究能力的学术共同体。

　　在这个共同体中的每个人都是幸福的，与诗为伴，以理想会友，没有功利，只有情怀。没有人问过我们为什么要做，每个人只关心怎样可以做得更好。无论是一无所有之时还是期待拿到国家出版基金支持之日，我们的翻译团队从没过犹豫和迟疑，仿佛有没有经费支持只是我一个人需要关心的事情，而他们是信任我的。面对他们，我没有退路，唯有比他们更加勇往直前。好在我一直是被上苍眷顾和佑护的人，只要不为一己之利，就总能无往不胜。序言中，赵振江教授说了很多感谢的话，都代表我的心声，在此不再重复。我想说的是，感谢你们所有人，让我此生此世遇见你们。如果可以，我还想在此感谢我的挚爱亲人，从没有机会把"谢谢"说出口，却是你们成就了今天的我。

　　希望通过我们台前幕后每一个人的努力，把"'一带一路'沿线国家经典诗歌文库"项目打造成沿线国家共同参与的地域性的文化精品工程，使"文库"成为让古老文明在当代世界文化中重新焕发光彩、发挥积极作用的纽带和桥梁。

　　人也许渺小，但诗与精神永恒。

宁　琦

写于二〇一八年"文库"付梓前夜

北京

图书在版编目（CIP）数据

古印度诗选 / 范晶晶 等编译 . -- 北京：作家出版社，
2024.11. --（"一带一路"沿线国家经典诗歌文库 . 第一辑）
ISBN 978-7-5212-3175-5

Ⅰ. I351.22

中国国家版本馆 CIP 数据核字第 2024BU7795 号

古印度诗选

主　　编：赵振江

副 主 编：蒋朗朗　宁　琦　张　陵　黄怒波

编 译 者：范晶晶　等

选题策划：丹曾文化

特约编审：懿　翎

责任编辑：方　焱

装帧设计：曹全弘

出版发行：作家出版社有限公司

社　　址：北京农展馆南里 10 号　　　**邮　　编：**100125

电话传真：86-10-65067186（发行中心）
　　　　　　86-10-65004079（总编室）

E-mail:zuojia @ zuojia.net.cn

http://www.zuojiachubanshe.com

印　　刷：北京尚唐印刷包装有限公司

成品尺寸：160×240

字　　数：401 千

印　　张：18

版　　次：2024 年 11 月第 1 版

印　　次：2024 年 11 月第 1 次印刷

ISBN 978-7-5212-3175-5

定　　价：78.00 元